AF346246

Eric DAMITIO
soutenu par Malika MATARI et ChatGPT

DU RIFIFI
AU PARTI RADICAL

TOME 2

UNE ENQUÊTE DU COMMISSAIRE BONNIER
PERSONNAGE CRÉÉ PAR JACQUES BRUYAS

ROMAN POLICIER

Collection Digest Bonnier

ISBN -978-2-9598726-2-4

Prologue

Un ennemi sans visage

La vérité est une lumière fragile. Il suffit parfois d'un mensonge habile pour la faire vaciller.

Lyon, au petit matin, semblait encore paisible. Pourtant, derrière les façades tranquilles de la ville, le chaos était en marche. Une campagne de désinformation massive s'apprêtait à frapper, orchestrée par Égide et son mystérieux Commanditaire. Les archives Daladier, manipulées, tronquées, devenaient une arme redoutable capable de diviser le pays tout entier.

Le commissaire Lucien Bonnier savait désormais que son adversaire principal n'était plus seulement un groupuscule extrémiste, mais une force tapie dans les hautes sphères du pouvoir, décidée à réécrire l'Histoire pour servir ses propres intérêts.

Pour stopper cette machination, il lui faudrait sortir de sa zone de confort, naviguer dans les eaux troubles du numérique, s'introduire dans le métavers d'Horizon Radical et comprendre enfin le rôle décisif joué par celui que certains surnommaient déjà « Celui d'en haut ».
Le moment était venu de lever les masques

Le combat final commence…

CHAPITRE 6 : LE FIL SE RESSERRE

1. LES FISSURES DU MUSÉE

La lumière matinale qui traversait les vitres de la Société d'Histoire du Radicalisme « antenne lyonnaise » aurait pu évoquer la sérénité studieuse d'un lieu dédié au savoir.

Mais ce matin-là, un flot de murmures et de craintes parcourait les couloirs. Les récents articles accusant Daladier d'avoir « livré » la Tchécoslovaquie à Hitler, avaient réveillé les fantômes de 1938.

Plus encore, ils jetaient l'opprobre sur l'institution, sommée de répondre aux allégations de mensonge et de dissimulation.

Le commissaire Lucien Bonnier, arrivé tôt, croisait des employés inquiets. Certains s'affairaient à vérifier le contenu des vitrines, d'autres s'isolaient dans des bureaux pour tenter d'endiguera l'avalanche de questions médiatiques.

Dans un coin, Paul Langevin, l'archiviste au visage épuisé, s'efforçait de coordonner la numérisation des derniers documents retrouvés à La Forge.

— Commissaire, bonjour, salua-t-il d'un ton las. Je suppose que vous avez vu la nouvelle vague de publications anonymes ?

— Oui. On m'a signalé d'autres extraits falsifiés, tirés des manuscrits de Daladier.

Langevin poussa un soupir désabusé.

— Quelques historiens tentent de répondre point par point, mais ce genre de polémique en ligne se propage plus vite qu'on ne peut la contrer. Et puis… il y a cette histoire d'Horizon Radical.

Bonnier leva un sourcil.

— Vous voulez dire la plateforme de métavers ?

— Oui. L'équipe informatique fait de son mieux pour sécuriser l'accès, mais nous avons déjà repéré des tentatives d'intrusion. Il faudrait veiller à ce que le groupe Égide ne s'y introduise pas pour diffuser sa version falsifiée.

Le commissaire acquiesça.

Il se rappelait que Ghislain, le repenti d'Égide, avait mentionné une infiltration potentielle d'un métavers. Mais pour l'instant, Bonnier devait prioritairement se concentrer sur la lutte plus concrète : débusquer Arnaud Le Bastier et son mystérieux Commanditaire, puis récupérer l'intégralité des fragments disparus.

— Rassurez-vous, Monsieur Langevin, répondit-il en essayant d'adoucir sa voix. Nous n'abandonnerons pas le terrain virtuel. Cependant, il savait que la bataille du réel exigeait déjà toutes ses forces.

2. UNE VISIOCONFÉRENCE TENDUE

En fin de matinée, un colloque en visioconférence fut improvisé pour tenter de calmer la tempête médiatique.

Des historiens, des journalistes et quelques représentants politiques y participaient, chacun chez soi, connecté depuis un ordinateur. Bonnier fut prié d'y assister afin de donner quelques éclaircissements, du moins sur la partie « enquête ».

— Mesdames et messieurs, je vous remercie d'être réunis malgré les circonstances difficiles, déclara Madame Leroy en guise d'introduction. Notre objectif est de clarifier le contexte historique et de répondre aux insinuations récentes.

Parmi les participants, il y avait Jean-Baptiste Landrieu, le spécialiste de la Troisième République, mais aussi un journaliste d'investigation réputé, Thibaut Marcellesi, et un député Radical, Olivier Montfort, qui cherchait à défendre l'honneur de son Parti.

— Commissaire Bonnier, voulez-vous rappeler ce que vous avez découvert sur le vol des archives ? lança la directrice Leroy d'un ton à peine assuré.

Sur son écran, Bonnier vit apparaître la mosaïque de visages tendus. Il résuma brièvement les avancées de l'enquête, sans entrer dans les détails confidentiels. Il rappela l'existence d'un groupuscule extrémiste, Égide, suspecté de manipuler des fragments d'archives pour faire croire que Daladier avait été complice d'Hitler.

— Nous avons déjà récupéré la majorité des manuscrits volés, déclara Bonnier. Toutefois, il persiste un manque de certains feuillets, principalement relatifs aux tractations diplomatiques postérieures à Munich.

Landrieu hocha la tête à l'écran.

— Ces feuillets étaient capitaux pour comprendre que Daladier s'est retrouvé devant le fait accompli quand Hitler a continué son expansion. Sans eux, on peut aisément déformer la réalité.

Le journaliste Marcellesi prit la parole, sceptique.

— Pensez-vous réellement qu'un groupe isolé puisse à ce point influer sur la vision qu'ont les Français de leur histoire ?

Un bref silence suivit. On devinait l'hésitation de tous.

Puis Montfort, le député, intervint, la voix ferme :

— Nous sommes en période électorale. Les opinions s'échauffent vite, et le moindre « scandale » peut être exploité.

Voyez comme ces extraits se propagent sur les réseaux sociaux. L'impact est réel.

Bonnier ajouta qu'il soupçonnait des complicités politiques haut placées, ce qui corrobora les craintes de Montfort.

— Êtes-vous en train de dire qu'un élu travaillerait avec Égide ? S'étonna le journaliste.

— Je n'ai pas encore de preuve irréfutable, éluda le commissaire. Mais certains indices convergent. Les visages à l'écran prirent un air grave, tandis que la conversation dérivait sur le lien entre l'idéologie expansionniste d'Hitler à la fin des années 1930 et la manière dont l'Europe démocratique, craignant la guerre, avait cédé.

Les historiens expliquèrent à nouveau que Daladier, loin d'être un complice, était surtout pris dans une nasse diplomatique, sans soutien suffisant pour stopper l'Allemagne.

Le colloque s'acheva sur un sentiment d'inquiétude générale. Personne ne pouvait nier que les campagnes de désinformation se répandaient. Bonnier, lui, se félicitait au moins qu'un front de chercheurs et de politiciens lucides se mobilise.

3. UN ÉTRANGE RENDEZ-VOUS AVEC UN INDIC

Peu après, Bonnier reçut un coup de fil inattendu. Colbert, l'informateur qui avait déjà donné quelques pistes, disait avoir quelque chose d'urgent à transmettre.

— Commissaire, je dois vous voir ce soir, 21 heures, au café Les Deux Colonnes, près de la place Carnot. J'ai mis la main sur un mémo interne d'Égide.

— D'accord, mais je ne suis pas disposé à prendre des risques comme la dernière fois, prévint Bonnier, en repensant à leur rendez-vous mouvementé au bar Le Cadran.

— Je serai prudent. N'amenez pas trop de monde.

Bonnier accepta, tout en restant sur ses gardes. Il ne savait plus s'il pouvait faire confiance à Colbert, qui semblait naviguer entre deux eaux. Mais la possibilité d'obtenir un mémo interne d'Égide valait la peine de tenter le coup.

En sortant du commissariat, il croisa Ghislain dans le couloir, le jeune repenti qui restait sous protection.

Celui-ci, pâle comme un linge, s'approcha de lui.

– Commissaire, je… j'ai entendu dire que Colbert voulait vous rencontrer. Faites attention. Ce type a encore des contacts parmi les plus durs d'Égide.

– Je sais, Ghislain. J'irai doucement. Le jeune homme voulut insister, mais Bonnier lui tapota l'épaule en guise d'assurance.

4. Pressions au sommet

L'après-midi fut marqué par un appel musclé du préfet, relayant les inquiétudes de la ministre de la Culture.

La pression politique se faisait de plus en plus forte, car des rumeurs couraient selon lesquelles Le Bastier et ses acolytes comptaient organiser un « rassemblement patriotique » dans Lyon, visant à dénigrer publiquement la mémoire de Daladier.

Des tracts circulaient déjà, promettant de « tout révéler sur la trahison de 1938 ».

– Commissaire, nous ne pouvons pas tolérer une manifestation qui risquerait de dégénérer, gronda le préfet. Vous devez prévenir les débordements.

– J'y travaille, Monsieur le Préfet. Mais nous sommes dans un État de droit. Tant qu'il n'y a pas appel explicite à la violence, difficile d'interdire une simple marche…

Bonnier percevait la colère rentrée de son interlocuteur. Il se retint de rétorquer que la police ne pouvait censurer par avance des slogans, aussi fallacieux soient-ils, sans preuves d'une intention violente. Les extrémistes jouaient avec les lignes légales, usant de la liberté d'expression pour mieux répandre leurs mensonges.

5. LE CAFÉ DES DEUX COLONNES

À la nuit tombée, Bonnier se dirigea vers le café Les Deux Colonnes, situé en bordure de la place Carnot.

Une légère bruine couvrait les pavés, faisant miroiter la lueur des réverbères. Il était 20 h 50.

Bonnier s'adossa à un mur, un peu en retrait, surveillant l'entrée du café. Il avait demandé à Contet de rester en soutien, discret, dans une voiture garée à un coin de rue.

Lorsque le commissaire entra, l'odeur de café et de tabac mêlés l'accueillit. Quelques clients solitaires lisaient le journal, d'autres discutaient à mi-voix. À une table au fond, un homme en imperméable sombre l'attendait : Colbert.

Il portait un chapeau feutre, enfoncé sur le crâne, et une écharpe remontée jusqu'au nez.

– Colbert, salua Bonnier, en s'asseyant en face de lui.

L'informateur hocha la tête, jeta un œil nerveux autour de lui, puis sortit de sa poche une enveloppe kraft.

– Commissaire, lisez ça. C'est un plan d'action qu'Égide compte déployer pour la "phase finale", celle où ils révéleront, selon eux, la preuve du "pacte Daladier-Hitler".

Bonnier saisit les feuillets, baissa les yeux. Il reconnut la phraséologie d'Égide, ces expressions martiales, ce ton vindicatif.

Un paragraphe détaillait l'idée d'un « coup médiatique » via un rassemblement de protestation, assorti de la publication de prétendus extraits d'archives montrant que Daladier aurait « validé » l'invasion de la Tchécoslovaquie en 1939.

– Ils veulent frapper dans quelques jours. Au cœur de la campagne électorale, ça pourrait faire tomber des têtes, ajouta Colbert à mi-voix.

– Et qui tire les ficelles ? Vous avez un nom ? Colbert serra la mâchoire, l'air contrit.

– Pas encore. Le Bastier parle d'un "grand argentier", un homme politique qui finance en sous-main leurs opérations. J'ai cru comprendre qu'il siégeait dans un cabinet ministériel ou dans l'entourage d'un député influent. Bonnier soupira. Toujours pas de confirmation d'identité.

– Commissaire, je fais tout ce que je peux, murmura Colbert, la voix tremblante. Mais si on me voit avec vous, je suis mort.

Bonnier sentit la sincérité dans son regard. Malgré les zones d'ombre entourant Colbert, il comprenait le danger auquel s'exposait l'informateur.

— Je vous protégerai, assura-t-il. Tentez d'obtenir un indice, un nom, quelque chose qui nous permette de remonter jusqu'à ce "Commanditaire". Colbert acquiesça d'un signe de tête. Soudain, la porte du café s'ouvrit, laissant entrer un couple de clients. Colbert jeta un coup d'œil furtif, puis tressaillit.

— Il faut que je file. Sans laisser à Bonnier le temps de protester, il se leva, rabattit son chapeau sur son visage et sortit par la porte de derrière. Le commissaire laissa s'écouler quelques secondes avant de le suivre, mais lorsqu'il atteignit la ruelle adjacente, l'informateur avait déjà disparu.

6. L'OMBRE D'UN DISCOURS INTERDIT

De retour dans sa voiture, Bonnier parcourut les feuillets de Colbert. Le plan d'action mentionnait un « Discours d'Edouard Daladier à la radio » daté de 1938, que les extrémistes prétendaient posséder. D'après eux, il prouverait que Daladier s'attendait à ce qu'Hitler poursuive son expansion, et qu'il était prêt à le laisser faire.

— Mensonges, marmonna Bonnier, en reliant cette piste aux explications de Landrieu. Daladier n'avait jamais "laissé faire" Hitler ; il avait fait ce qu'il pouvait pour gagner du temps.

Le commissaire vit déjà comment Égide pourrait instrumentaliser un tel fragment. Une phrase sortie de son contexte, un commentaire ambigu, et l'opinion basculerait dans la conviction d'une grande trahison.

— Commissaire, tout va bien ? fit la voix de Contet, qui revenait de sa planque.

— Pas le temps de se reposer. Regarde ça.

Contet feuilleta rapidement.

— Tu penses qu'on peut empêcher cette publication en bloquant leur chaîne de diffusion ?

— Difficile, soupira Bonnier. Ils peuvent balancer ça sur des dizaines de sites. Certes, la loi permettait d'agir contre la diffamation, mais dans le tumulte électoral, le mal serait fait avant toute décision judiciaire.

7. Confidences de Montfort

Le lendemain matin, de façon surprenante, Bonnier reçut un appel du député radical Olivier Montfort, qui avait participé à la visioconférence.

Celui-ci souhaitait le rencontrer en personne, dans un lieu neutre. Intrigué, Bonnier accepta un rendez-vous dans le jardin public de la Tête d'Or, tôt dans la matinée.

Une fois sur place, parmi les allées de gravier et les arbres centenaires, Montfort parut soucieux, jetant des coups d'œil autour de lui comme s'il redoutait d'être suivi.

— Commissaire, je suis certain qu'il y a un traître dans les rangs de mon Parti, chuchota-t-il, la voix haletante. Quelqu'un qui, pour des raisons obscures, souhaite démolir la mémoire daladiériste.

— Vous avez un nom, monsieur Montfort ?

— Pas encore. Mais j'ai entendu des rumeurs. Un haut conseiller, jadis proche de la droite, aurait infiltré notre mouvance pour la scinder.

Bonnier fronça les sourcils. Cela résonnait avec l'hypothèse d'un Commanditaire politique.

Montfort lui remit alors un petit dossier, contenant quelques coupures de presse et des notes manuscrites.

— J'ai mené ma propre enquête. Voyez cette liste d'opérations financières suspectes, via des associations "culturelles". L'une d'elles aurait versé de l'argent à un certain Charles Dumoulin, le hacker extrémiste que vous avez déjà arrêté.

Le commissaire parcourut la liste. Effectivement, on voyait l'Association "Patrimoine National" verser de fortes sommes à des entités liées à Dumoulin et… possiblement à Égide.

— Vous croyez que c'est le bras financier de notre fameux Commanditaire ?

— Sans doute, commissaire. Il faudrait vérifier si l'un de mes confrères ou un conseiller influent siège dans cette association.

Un espoir naquit dans l'esprit de Bonnier : remonter la piste de l'argent. Dans les affaires de conspiration, le nerf de la guerre se trouvait souvent dans la comptabilité occulte.

— Merci, monsieur Montfort. Je devrai demander une réquisition au procureur pour éplucher ces comptes.

– Faites-le. Je vous soutiendrai au Parlement, si nécessaire.

Le député, visiblement sincère, le salua brièvement avant de s'éclipser.

Bonnier demeura un instant sur place, écoutant les oiseaux.

Enfin, une piste concrète pour démasquer le haut conseiller !

Bonnier repassa dans leurs locaux de la Société d'Histoire du Radicalisme peu avant midi. L'équipe numérisait frénétiquement des archives, cherchant à mettre en ligne des versions contextualisées pour contrer la propagande.

Dans l'un des bureaux, Paul Langevin montrait à un collègue comment scanner un lot de documents relatifs aux discours de Daladier entre 1938 et 1939.

– Commissaire, salua Langevin. Je suis content que vous soyez là. J'aurais besoin d'un coup de main indirect. Il expliqua que certains chercheurs envisageaient une « prépublication » officielle en ligne de tous les discours de Daladier, y compris ceux qui mentionnaient l'après-Munich, pour que le public puisse voir la vérité dans son intégralité.

Mais la direction hésitait, craignant qu'Égide n'en profite pour saboter le site ou extraire des passages à la volée.

– Peut-être devriez-vous protéger numériquement cette base de données, conseiller un renforcement de la sécurité, suggéra Bonnier.

– Oui, je discute avec l'équipe d'informaticiens, mais j'ai peur qu'il y ait déjà des failles.

Un frisson parcourut Bonnier. Il se souvenait que Ghislain avait mentionné des tentatives de piratage dans Horizon Radical. S'ils décidaient de numériser massivement les discours, Égide pourrait s'y infiltrer pour en altérer le contenu.

–J'en parlerai au procureur et au préfet. Peut-être qu'on peut vous accorder un soutien technique.

Langevin hocha la tête, l'air reconnaissant. Mais Bonnier notait qu'il serait compliqué d'empêcher la fuite de copies.

8. Coup de théâtre à la préfecture

En milieu d'après-midi, Bonnier fut rappelé d'urgence à la préfecture.

Le préfet l'attendait dans son bureau, accompagné d'un haut fonctionnaire arborant un costume strict et un regard glacial. Sitôt Bonnier entré, le préfet pointa un dossier posé sur la table.

— Commissaire, notre ami ici présent, représentant du ministère de l'Intérieur, s'inquiète de la tournure que prend votre enquête. Il craint une atteinte à l'image des institutions.

— Je ne comprends pas, Monsieur le Préfet, répliqua Bonnier, méfiant. Le but de mon enquête est justement de protéger l'institution, en rétablissant la vérité sur Daladier. Le haut fonctionnaire leva une main, l'air impérieux.

— Nous ne mettons pas en cause votre zèle, commissaire. Mais certains de vos soupçons... sur une complicité dans les hautes sphères, pourraient nuire à l'équilibre de l'État. Il ne faudrait pas jeter le discrédit sur la classe politique sans preuves irréfutables. Bonnier serra les mâchoires.

On lui faisait comprendre, en termes feutrés, de ne pas trop fouiller du côté des soutiens politiques d'Égide. Il sentit la colère monter. Sans se démonter, il assura qu'il resterait dans le cadre légal, mais qu'il n'abandonnerait pas la piste du financement occulte.

— Les dérives de groupes extrémistes menacent la démocratie, monsieur, martela-t-il. Les complicités potentielles doivent être exposées, quelle que soit la fonction ou le rang de leurs auteurs. Le préfet, mal à l'aise, mit fin à l'entretien en hochant la tête.

— Tâchez juste de ne pas provoquer un scandale inutile, commissaire.

En quittant le bureau, Bonnier se dit que le "scandale" était déjà là. Sa détermination n'en fut que renforcée : plus on cherchait à l'étouffer, plus il sentait qu'il approchait du but.

9. L'incident du soir

Peu avant vingt heures, alors que Bonnier finissait de rédiger son rapport quotidien, un appel affolé de Contet retentit.

Le lieutenant, en patrouille dans le centre-ville, venait d'assister à une altercation violente devant un local associatif. Selon lui, un groupe masqué, vraisemblablement lié à Égide, avait agressé des étudiants qui collaient des affiches défendant la mémoire de Daladier.

– C'est un déchaînement de violence, commissaire. Ils crient que la France "a été trahie depuis 1938", et ils frappent quiconque soutient le Radicalisme. On a déjà procédé à trois interpellations, mais la foule est agitée.

La colère bouillonnait dans la voix de Contet, qui s'indignait que des passants se fassent tabasser pour des divergences historiques. Bonnier lui ordonna de contenir la situation, en évitant tout usage excessif de la force.

– Je vous rejoins.

Il sortit en trombe, la nuit déjà tombée sur la ville. Les rues scintillaient de néons et de phares de voitures.

À mesure qu'il approchait du lieu de l'incident, il entendait des cris et des slogans. Une petite foule s'était amassée, prise dans une tourmente idéologique.

– Pas d'amalgame, lâcha-t-il en son for intérieur. Tous ces gens ne sont pas nécessairement membres d'Égide, mais la propagande fait son effet.

Sur place, les policiers repoussaient un noyau dur d'individus cagoulés, tandis que des étudiants blessés recevaient des soins.

Bonnier aida Contet à pacifier la zone. Parmi les interpellés, un homme hurlait que Daladier était "le vrai coupable de 39-45", accusations délirantes qui, pourtant, trouvaient leur public.

Une fois le calme retombé, Bonnier sonda les alentours. Un graffiti venait d'être tagué sur un mur : « Munich = Collaboration ». Un frisson le parcourut.

Dans ce climat, la réécriture du passé prenait des allures de guerre civile larvée.

10. Vers un embrasement général

Alors qu'il reprenait son souffle, le commissaire reçut un nouveau message de Madame Leroy.

Elle venait de découvrir qu'un compte anonyme avait déposé sur un site de partage de vidéos un montage d'extraits de discours de Daladier, alternant avec des images d'Hitler triomphant.

Le tout était assorti de sous-titres trompeurs, faisant croire à une connivence totale entre les deux hommes.

– Commissaire, on est submergés de mails ! s'affolait la directrice au téléphone. Les journalistes nous demandent de confirmer ou d'infirmer cette vidéo.

Bonnier accusa le coup.

Les extrémistes passaient à l'offensive numérique de manière irréversible, et la confusion gagnait l'opinion publique.

Il conseilla à Madame Leroy de publier un démenti, accompagné d'extraits contextualisés. Malheureusement, il savait que ce n'était qu'un emplâtre sur une plaie béante.

Dans sa voiture, retournant au commissariat, Bonnier sentit l'angoisse le gagner. Les événements se précipitaient. Le Bastier et son cercle, nourris par un financement politique trouble, semblaient prêts à provoquer un embrasement national.

Entre-temps, lui ne disposait que de preuves fragmentaires, d'indices, d'informateurs tétanisés. Il comprit alors que le prochain front, inévitablement, serait l'univers virtuel d'« Horizon Radical ». Si les extrémistes y parvenaient, ils pourraient orchestrer un coup d'éclat, voir convier des sympathisants à des réunions secrètes, glisser de faux documents dans la base de données. Bonnier se résolut à s'y intéresser de plus près, malgré son peu de goût pour ces technologies immersives.

11. LE SEUIL DE L'ESCALADE

Tard dans la soirée, épuisé, il se cala dans un fauteuil de son bureau. Contet, encore là, lui apporta un café.

Ensemble, ils passèrent en revue les dernières 48 heures.

Tout indiquait qu'Égide préparait un évènement de grande ampleur pour mettre en scène « la révélation du siècle » sur la prétendue trahison de Daladier. Le timing électoral offrait une caisse de résonance idéale.

– Bon sang, maugréa Contet, on a l'impression qu'ils contrôlent tous les rouages.

– Pour l'instant, oui. Mais on a quelques cartes. L'affaire Dumoulin, la piste de l'association "Patrimoine National", le soutien de Montfort...

Bonnier ferma les yeux un instant, repensant aux révélations de Colbert sur le plan « phase finale ». L'horloge murale marquait minuit. Un nouveau jour se levait sur une France de plus en plus agitée par cette affaire.

– Demain, on demandera au procureur une réquisition pour fouiller dans les comptes de l'association, décréta-t-il. Et il faudra aussi examiner de près l'importance insoupçonnable du métavers Horizon Radical. Il n'y échapperait pas. L'enquête le conduirait sans doute à endosser un avatar dans ce métavers, à infiltrer des réunions virtuelles où Le Bastier et ses complices pourraient préparer leur prochain coup. Un mélange de modernité déroutante et de vieille idéologie puissante.

CHAPITRE 7 :
UNE ALLIANCE INATTENDUE

1. L'OFFENSIVE JURIDIQUE

La première lueur du matin effleurait les toits de Lyon quand le commissaire Lucien Bonnier gara sa voiture devant le palais de Justice.

Les pavés résonnaient sous ses pas, et une légère brume matinale flottait sur la place.

Il se prépara à la confrontation : ce jour-là, il espérait obtenir du procureur la fameuse réquisition permettant de fouiller les comptes de l'association « Patrimoine National », soupçonnée de financer le groupuscule d'extrême droite Égide.

— Commissaire, j'imagine que vous savez à quel point cette requête est délicate, l'avertit d'emblée le procureur Duval, en le recevant dans son bureau spacieux.

Il feuilletait déjà le dossier que Bonnier lui avait envoyé la veille au soir.

— J'en suis conscient, Monsieur le Procureur. Mais c'est notre meilleure chance d'identifier le « Commanditaire » politique qui soutient Égide.

Le procureur fronça les sourcils, parcourut une nouvelle fois la liste d'opérations bancaires suspectes transmise par le député Montfort.

Des virements importants, en apparence destinés à des « projets culturels », avaient abouti sur le compte de Charles Dumoulin (le hacker extrémiste déjà arrêté) et de quelques comparses.

— Je vous accorde la réquisition, commissaire, finit par trancher Duval. Mais je vous demande la plus grande discrétion. S'il s'avère qu'un élu est impliqué, l'affaire va secouer au plus haut niveau.

Bonnier sortit, soulagé. Au fond de lui, il savait que cette autorisation marquait un tournant. Enfin, il disposerait d'un levier légal pour percer les secrets financiers d'Égide… et faire tomber le rideau sur cette conspiration.

2. Pression au Musée

À peine revenu au commissariat, Bonnier reçut un appel de Madame Leroy. Sa voix trahissait une nervosité extrême.

– Commissaire, la situation est devenue intenable. Nous subissons des appels anonymes incessants, des mails injurieux, et maintenant, certains politiciens s'en mêlent en nous accusant de « partialité historique ».

Elle expliqua qu'un élu local, connu pour ses positions nationalistes, venait de donner une interview incendiaire, prétendant que la Société d'Histoire du Radicalisme « dissimulait des preuves » sur la complicité de Daladier avec Hitler.

– C'est absurde, mais l'opinion publique s'affole, commissaire.

Nous avons même envisagé de fermer temporairement nos expositions, redoutant des actes de vandalisme.
Bonnier compatit. Il avait déjà dû organiser la protection du bâtiment, avec des rondes de police, mais la tension ne faiblissait pas.

– Tenez bon, Madame Leroy. Continuez vos travaux de numérisation, et préparez-vous à diffuser le plus de documents possible pour rétablir la vérité. La meilleure arme contre la désinformation, c'est la transparence.

Il raccrocha, conscient qu'il reprenait presque mot pour mot ce que Landrieu, l'historien, avait répété : diffuser un maximum de sources fiables pour étouffer les manipulations. Mais dans un climat électoral fébrile, l'irrationnel gagnait souvent du terrain.

3. L'Avis de Recherche élargi

Au même moment, l'inspecteur Contet frappa à la porte du bureau de Bonnier, un épais dossier sous le bras.

– Commissaire, j'ai finalisé l'avis de recherche élargi pour Arnaud Le Bastier et ses complices les plus proches. Nous disposons désormais de clichés précis, et des témoignages qu'on a recueillis après l'agression d'hier.

Bonnier observa les photos d'identité ou les captures d'écran extraites de vidéos. Le Bastier, barbe soigneusement taillée, charisme évident, se présentait comme un « orateur patriotique » dans ses tracts.

D'autres visages, moins connus, le secondaient : un certain Baptiste Renan, qui jouait apparemment le rôle de chef de la logistique, et Marcel Vincennes, le technicien infiltré au musée (déjà arrêté puis relâché sous contrôle judiciaire, mais volatilisé depuis).

— Nous diffusons ces photos à tous les commissariats, à la gendarmerie, et même aux services de police des villes voisines, précisa Contet.

Bonnier hocha la tête. Tout en signant l'avis, il ne pouvait s'empêcher de penser que ces méthodes traditionnelles étaient utiles, mais pas suffisantes si les extrémistes se cachaient sous des identités virtuelles.

Le moment approchait où il lui faudrait, bon gré mal gré, explorer l'univers numérique.

4. UNE RENCONTRE INATTENDUE

En début d'après-midi, alors que Bonnier planifiait la suite de ses opérations, Ghislain, le repenti d'Égide, arriva à l'improviste au commissariat.

Les traits tirés, il semblait porter un lourd fardeau.

— Commissaire, je viens de recevoir un message crypté de gens d'Égide. Ils me reprochent d'avoir déserté, me menacent de représailles… mais ils ont également laissé entendre qu'Arnaud Le Bastier se prépare à un grand discours public dans moins d'une semaine.

Bonnier fronça les sourcils. Un discours public ? Jusqu'à présent, Le Bastier agissait dans l'ombre, se contentant de manipuler l'opinion via des tracts ou des vidéos. Un meeting officiel, dans ce contexte, relèverait du coup d'éclat.

— Ils disent vouloir proclamer "la vérité sur Daladier" devant les caméras, précisa Ghislain, la voix brisée. Sans doute un moyen de marquer les esprits avant l'élection.

Bonnier sentit la colère lui monter à la gorge. Cette annonce pouvait provoquer des troubles sérieux, voire des affrontements de rue.

— Tu as un lieu ? Une date précise ?

— Pas encore. Juste qu'ils veulent occuper un espace public symbolique.

Le commissaire soupira, remerciant tout de même Ghislain. Il demandait ensuite à Contet de mettre tous les services de renseignement sur le coup. Ce meeting était peut-être la phase finale annoncée par Colbert, celle où Égide diffuserait officiellement des passages tronqués pour "prouver" la trahison de Daladier.

— Nous devons absolument l'empêcher, glissa-t-il à Contet. Il en va de la sécurité publique… et de la vérité historique.

5. AU CŒUR DE « PATRIMOINE NATIONAL »

Ce même après-midi, Bonnier accompagna une équipe d'enquêteurs pour perquisitionner le siège de Patrimoine National, l'association culturelle au centre des soupçons financiers.

Installée dans un immeuble cossu de la rive gauche du Rhône, cette association prétendait valoriser le patrimoine architectural. Mais les documents bancaires indiquaient qu'elle jouait un rôle de façade pour financer discrètement des mouvements radicalisés.

— Police, nous avons un mandat de perquisition, annonça Bonnier en brandissant l'ordonnance du procureur.

La secrétaire, prise de court, écarquilla les yeux. Derrière elle, on entendait du remue-ménage dans les bureaux. Alors que Bonnier et son équipe s'avançaient, un homme bedonnant, costume deux pièces, se présenta, l'air affolé :

— Messieurs, il doit y avoir un malentendu. Nous sommes une association parfaitement légale.

— Alors vous n'aurez rien à craindre, répondit Bonnier d'un ton sec. Nous allons vérifier les comptes, c'est tout.

Pendant que Contet et d'autres agents investissaient la salle informatique, Bonnier parcourut les lieux, notant des affiches pseudo-culturelles à peine masquées par des slogans nationalistes discrets. Dans un couloir, il distingua un large tableau représentant une scène historique idéalisée, flanquée de devises patriotiques.

— Commissaire, venez voir, l'interpella Contet, qui fouillait un bureau aux volets mi-clos.

Sur un ordinateur, ils retrouvèrent des fichiers comptables retirés de façon anodine.

En croisant les données, ils virent apparaître des codes mentionnant "Opération Munich", ou encore "Daladier-fichiers".

Dans un sous-dossier, un relevé de virements aboutissait à un compte ouvert au nom d'un certain "M. Talleyrand", évidemment un pseudonyme.

— C'est notre Commanditaire, sans doute, murmura Contet. Bonnier hocha la tête, soucieux. L'homme derrière le nom de code "M. Talleyrand" avait transféré de fortes sommes, lesquelles se volatilisèrent vers d'autres comptes plus opaques.

— On va tout copier, ordonna Bonnier. Prenez les disques durs, on passera ça à la cellule cyber.

L'homme bedonnant, resté en arrière, blêmissait en voyant les policiers emporter son matériel. Il n'osa pas protester, sachant que le mandat de perquisition couvrait cette opération.

— Si vous n'avez rien à cacher, vous n'avez rien à craindre, répéta Bonnier, en sortant.

6. L'ÉTAU SE RESSERRE

De retour au commissariat, Bonnier confia les disques durs à la cellule cyber, qui se mit en devoir d'extraire toutes les informations.

Ils confirmèrent que l'association Patrimoine National servait bien de plaque tournante, versant des fonds à divers complices d'Égide. L'analyse des fichiers permit de découvrir des échanges de courriels codés, évoquant la « phase finale » et la diffusion imminente des « Documents Daladier ».

— Commissaire, c'est un véritable plan de déstabilisation, soupira le capitaine Lagrange, chef de la cellule cyber. Ils parlent même de « montrer au peuple la vérité sur 1938 », comme si Daladier avait signé un pacte de collaboration.

— Mensonges historiques, cracha Bonnier. Mais que prévoit leur mise en scène ?

Le capitaine Lagrange lui montra alors un fichier PDF nommé « Manifeste », détaillant la stratégie.

Au menu : un grand rassemblement sur une place de Lyon, suivi d'une conférence de presse clandestine diffusée en streaming, au cours de laquelle ils devaient lire des extraits « inédits » de correspondances Daladier-Hitler.

Bonnier bouillonnait.

Il savait que ces correspondances relevaient d'un fantasme certes, Daladier avait échangé avec l'Allemagne via des canaux diplomatiques, mais rien qui puisse justifier l'accusation d'une véritable « complicité ».

Les dialogues portaient surtout sur la crainte d'une guerre ingérable et l'espoir – naïf – qu'Hitler stopperait son expansion après la question des Sudètes.

– Commissaire, fit Contet en parcourant le manifeste, ils comptent aussi lancer des copies dans des forums en ligne, sans doute s'infiltrer dans le métavers Horizon Radical pour relayer tout ça.

– Ça se recoupe avec ce que nous craignions, en effet, répondit Bonnier, un pli soucieux au front.

7. L'HISTORIEN JEAN-BAPTISTE LANDRIEU ENTRE EN SCÈNE

En soirée, Bonnier décida de faire appel à Jean-Baptiste Landrieu, l'historien spécialiste de la Troisième République, pour qu'il examine les bribes de textes brandies par Égide.

Si un face-à-face médiatique était inévitable, mieux valait être prêt. Landrieu arriva au commissariat, l'air grave, un sac empli de livres et de notes.

– Commissaire, montrez-moi ce que vous avez récupéré. Ils s'installèrent dans une petite salle de travail. Landrieu feuilleta les extraits, vérifia les références.

– Certains passages viennent effectivement de lettres authentiques, adressées par Daladier au président Roosevelt, ou à Chamberlain. Mais les extrémistes en ôtent tout le contexte, omettent les phrases où Daladier exprime sa méfiance envers Hitler, ou son sentiment de contrainte.

Bonnier hocha la tête, pas vraiment surpris.

– Alors c'est un puzzle qu'ils recomposent à leur façon.

– Exact. Et si nous ne disposons pas du texte intégral à temps, ils pourraient faire croire que Daladier était d'accord avec l'annexion de la Bohême-Moravie.

Landrieu proposa alors une idée : organiser rapidement une exposition ou une publication en ligne présentant les documents en intégralité, assortis de commentaires d'historiens. Mme Leroy y pensait déjà, mais hésitait par crainte des piratages.

– Commissaire, si vous arrivez à sécuriser la plateforme Horizon Radical, nous pourrions y proposer une « visite guidée » virtuelle, où chaque document est remis dans son contexte.

Ça couperait l'herbe sous le pied à la propagande d'Égide. Bonnier resta pensif.

Lui, se lancer dans la défense virtuelle de l'histoire ? Ses méthodes étaient plutôt d'arrêter les fauteurs de trouble dans la réalité tangible. Mais il sentait que Landrieu avait raison.

— J'essaierai de convaincre la direction de la police et la ministre, promit-il. Je suppose que nous n'avons pas le choix.

Dans un coin de son esprit, il voyait déjà poindre ce prochain chapitre : lui, arpentant le métavers, cherchant des indices, peut-être débusquant les avatars des extrémistes. Un univers inconnu, qui ne l'enchantait guère, mais indispensable pour contrer la menace grandissante.

8. UN APPEL DE L'OMBRE

Minuit approchait quand Bonnier, attardé dans son bureau, reçut un appel masqué.

Lorsqu'il décrocha, une voix méconnaissable, transformée par un modulateur, résonna dans l'appareil :

— Commissaire Bonnier, la vérité ne peut être étouffée.

— Qui êtes-vous ?

— Quelqu'un qui sait. Vous bafouez l'Histoire, vous couvrez la lâcheté de 1938.

Le commissaire sentit une bouffée de colère. Était-ce un membre d'Égide ?

— Vous déformez les faits. Daladier n'était pas complice, il était simplement acculé.

— Ah, vraiment ? Rit la voix, ironique. Attendez de voir nos révélations. Nous partagerons avec le peuple les preuves de sa trahison. Bonnier s'efforça de rester calme.

— Vous jouez avec le feu. La loi vous rattrapera, vous et votre groupe.

— La loi ne peut rien contre la vérité. Bientôt, nous mènerons un rassemblement. Les Français sauront que leur République est née de la compromission.

La ligne se coupa brutalement.

Bonnier resta un moment immobile, la main crispée sur le combiné. Cet appel, théâtral, confirmait que l'organisation approchait de son apogée.

9. Un soutien de plus

Au matin suivant, Bonnier reçut une convocation à la mairie de Lyon, signée par Olivier Montfort, le député radical, et… Claire Vaugrenant, la ministre de la Culture. Les deux souhaitaient le rencontrer en urgence.

— Commissaire, entama Montfort d'un ton formel, nous vous savons sur la piste d'un financement occulte via Patrimoine National. Or, j'ai pu obtenir des informations complémentaires.

Il déposa un dossier sur la table.

Devant lui, la ministre Vaugrenant écoutait, impassible.

Montfort poursuivit :

— Je pense avoir identifié un nom possible pour le fameux Commanditaire. Il s'agirait de Grégoire de Roncy, haut conseiller auprès d'un ministre influent. Cet individu entretenait déjà, par le passé, des relations douteuses avec l'ultra-droite.

Bonnier scruta la ministre, se demandant si elle connaissait ce Roncy.

Elle acquiesça, le visage fermé.

— Oui, j'ai croisé cet homme lors de réunions interministérielles.

Il se montre toujours courtois, mais on le sait proche de cercles nationalistes. Si c'est lui qui tire les ficelles, c'est grave.

Le commissaire remercia Montfort pour ces infos. Désormais, le puzzle prenait forme : de Roncy, usant d'un pseudo comme « M. Talleyrand », aurait injecté de l'argent dans Patrimoine National, orienté vers Égide, et ainsi soutenu Le Bastier.

— Que comptez-vous faire, commissaire ? demanda Vaugrenant.

— Poursuivre la piste financière, établir des preuves concrètes. Ensuite, j'avertirai la justice.

Un silence pesant tomba. Montfort, l'air déterminé, se hasarda :

— Si vous avez besoin de mon relais politique, je suis prêt à prendre la parole pour dénoncer cette conspiration.

— Merci, mais je préférerais d'abord boucler l'enquête discrètement, pour éviter que Roncy ne prenne la fuite ou détruise des preuves, expliqua Bonnier.

La ministre hocha la tête. Son regard trahissait une inquiétude sincère : si le scandale éclatait, il pourrait emporter bien plus qu'un conseiller.

Mais l'inaction risquait de laisser Égide saboter la mémoire de Daladier.

– Nous sommes à vos côtés, commissaire, conclut Vaugrenant d'une voix grave.

10. L'ÉCHO DU PASSÉ

En soirée, Bonnier rentra brièvement chez lui pour reprendre des forces, sa charmante épouse, toujours elle aussi bien occupée, connaissait parfaitement l'ampleur des enjeux des enquêtes de son mari, elle était toujours un recours.

Mais là c'était du lourd. Pas de meurtre crapuleux ou une affaire d'argent, pas même de la drogue ou des trafics rémunérateurs, là, l'honneur de la France était dans la balance.

Dans la pénombre de son salon, il relut quelques notes personnelles sur la période de l'avant-guerre. Les récits de 1938 faisaient douloureusement écho à la situation actuelle : à l'époque, les démocraties avaient tenté de préserver la paix, cédant aux exigences d'Hitler sur les Sudètes. Daladier, entre Chamberlain et Mussolini, s'était retrouvé piégé à Munich, persuadé que la France n'était pas prête pour une guerre ouverte.

Or, Hitler n'avait jamais renoncé à ses ambitions, et l'annexion totale de la Tchécoslovaquie, en mars 1939, avait prouvé que l'accord de Munich n'était qu'un sursis.

Daladier n'était pas complice, mais la machine infernale du nazisme l'avait poussé dans ses retranchements.

Aujourd'hui, pensait Bonnier, un groupuscule d'extrême droite exploitait ce tragique épisode pour dresser la France contre son propre passé, gonflant les fantasmes de « trahison ».

Où s'arrêtait l'ignorance, où commençait la manipulation ? Il ferma un instant les yeux, en proie à une colère sourde. Puis la sonnerie de son téléphone le tira de ses réflexions.

Contet, toujours vigilant, annonçait une nouvelle information : il avait repéré dans les fichiers de Patrimoine National un rendezvous planifié pour surlendemain, mentionnant le pavillon de chasse déjà cité par Ghislain.

– Ça doit être là qu'ils se réunissent pour finaliser leur meeting, commissaire.

– Parfait, on va organiser une filature.

11. PLAN D'INTERVENTION

Le lendemain, Bonnier réunit l'équipe au grand complet : Contet, la cellule cyber, et quelques officiers de confiance.

Il exposa un schéma des environs du pavillon de chasse, situé dans un parc boisé sur les hauteurs de la Croix-Rousse. Selon Ghislain, c'était un lieu idéal pour se rassembler en toute discrétion.

— On posera des équipes en civil à chaque accès possible, expliqua Bonnier. Quand Le Bastier ou ses complices arriveront, on les surveillera, et on tentera une arrestation si la loi nous le permet.

— Commissaire, vous croyez qu'on pourra choper le Commanditaire, ce de Roncy ? Questionna Contet.

— C'est possible. Les indices convergent : ce rendez-vous figure clairement dans les fichiers de l'association Patrimoine National, et Arnaud Le Bastier y a déjà été repéré.

Tous opinèrent. Il s'agissait de la meilleure occasion pour frapper un grand coup. Bonnier se doutait que l'opération serait risquée : si le Commanditaire était vraiment un haut conseiller, il disposerait peut-être d'une protection. Mais le temps pressait. La tension montait d'un cran, à mesure qu'ils mettaient au point les détails. Chacun sentait que l'issue de cette perquisition-surveillance pourrait être déterminante pour l'affaire entière.

12. UNE ALLIANCE… INATTENDUE (UNE AUTRE !)

Avant de clore la réunion, Bonnier reçut un appel sur sa ligne directe. Colbert à nouveau, qui semblait paniqué.

— Commissaire, j'ai découvert que l'association Patrimoine National veut utiliser Horizon Radical pour diffuser en simultané le « discours final » de Le Bastier.

Ils comptent s'y loguer en avatars, diffuser des documents truqués devant un public virtuel.

— Vous en êtes sûr ?

— Absolument. Ils considèrent ça comme un second front, au cas où leur rassemblement physique serait empêché.

Bonnier échangea un regard avec Contet.

Ainsi, la boucle se bouclait : le virtuel servirait de relais si la police bloquait l'événement réel.

— Bien. Merci, Colbert. Tenez-moi informé si vous apprenez autre chose.

En raccrochant, Bonnier pensa à Landrieu, à Madame Leroy, à tout ce qu'ils craignaient concernant la numérisation des archives.

Le moment approchait où la police devrait aussi intervenir dans le métavers, tenter de confondre Le Bastier et ses comparses sur leur propre terrain numérique. Malgré les réticences du commissaire pour ces univers virtuels, il lui faudrait s'y plonger, peut-être dès la semaine suivante.

L'idée d'endosser un avatar pour mener l'enquête le désorientait, mais l'urgence primait : il ne pouvait laisser la désinformation s'y répandre sans contrôle.

CHAPITRE 8 : LE JEU DES MASQUES

1. L'HEURE DE PLONGER DANS LE VIRTUEL

Le matin se levait à peine sur Lyon lorsque le commissaire pénétra dans la salle informatique de la Société d'Histoire du Radicalisme.

Tout y était d'un modernisme surprenant par rapport à l'austérité des salles d'archives : rangées d'ordinateurs performants, casques de réalité virtuelle, fauteuils ergonomiques.

C'était à l'origine du projet Horizon Radical, un ambitieux métavers visant à rendre accessible l'Histoire sous forme immersive.

– Bienvenue, commissaire, lança Paul Langevin, l'archiviste, tout en lui tendant une tasse de café. Je suppose que c'est votre première incursion dans ce genre d'univers numérique ?

– En effet, répondit Bonnier d'un ton calme. J'avoue que je ne sais pas trop à quoi m'attendre.

Au fond de la pièce, Jean-Baptiste Landrieu, l'historien spécialisé dans la Troisième République, discutait avec deux informaticiens.

Ils examinaient déjà la console principale, prête à accueillir les utilisateurs. On voyait sur un écran géant une interface reproduisant une salle de lecture virtuelle, où des avatars pouvaient se déplacer librement et consulter des documents numérisés et tout le contenu des milliards d'informations misent en réseaux.

– Commissaire, expliqua Landrieu, nous avons mis en ligne une grande partie des archives Daladier, pour un accès éducatif.

Mais nous craignons que les pirates d'Égide ne s'introduisent sous couvert d'un avatar, ne modifient des fichiers ou n'organisent des réunions secrètes.

Bonnier hocha la tête. Ghislain (le repenti) et Colbert (l'informateur) avaient déjà averti que les extrémistes comptaient utiliser Horizon Radical comme second front de leur opération. Il se sentait peu à l'aise avec l'idée de manipuler un avatar, mais la nécessité primait.

– On va devoir pister leurs connexions, ajouta Langevin. Peut-être même assister à des "rencontres virtuelles" où ils exposeraient leur propagande. Le commissaire prit une profonde inspiration. L'heure était venue d'entrer, littéralement, dans la matrice.

2. PREMIÈRE IMMERSION

Les informaticiens guidèrent Bonnier pas à pas.

Ils lui installèrent un casque de réalité virtuelle et un ensemble de manettes permettant de se déplacer dans l'univers numérique.

L'écran géant projetait le champ de vision qu'il allait découvrir.

– Vous pouvez choisir un avatar par défaut, précisa l'un des techniciens. Rien de trop reconnaissable, pour garder un minimum d'anonymat.

Le commissaire sélectionna rapidement un personnage standard, un homme en costume sombre rappelant vaguement sa silhouette réelle, mais sans traits distinctifs. Sur l'écran, l'avatar se matérialisa dans un vaste hall virtuel, aux allures de bibliothèque monumentale.

Les décors s'inspiraient des grandes salles d'archives du musée, avec des arches, des panneaux explicatifs et des rangées de bookshelves numériques.

– Tout est silencieux, pour l'instant, commenta Bonnier d'une voix feutrée, alors qu'il explorait la zone d'accueil.

– Les utilisateurs ne se connectent pas en permanence, intervint Landrieu.

Mais certains groupes organisent des "réunions" dans des salons privés.

Grâce à un guide virtuel, Bonnier put se déplacer jusqu'à une salle reconstituant le contexte historique de l'Accord de Munich : images d'époque, extraits de journaux, mini-documentaires sur la montée d'Hitler.

À sa grande surprise, une voix synthétique narrait les événements : la réoccupation de la Rhénanie en 1936, la crise des Sudètes en 1938, la conférence de Munich...

– Impressionnant, murmura-t-il. On se croirait dans un musée interactif.

Soudain, un autre avatar apparut, flottant comme un fantôme virtuel. Un visiteur inconnu, sans particularité, qui salua le commissaire d'un geste de la main.

Bonnier hésita, avant de lui répondre. Il réalisa combien il était déroutant de communiquer ainsi, dans cet espace dématérialisé.

3. Un Historien virtuel… et des indices

Après quelques minutes, Landrieu, lui aussi connecté via un casque, rejoignit Bonnier sous l'apparence d'un avatar portant une toge d'universitaire, clin d'œil humoristique à son métier.

Il expliqua qu'il avait créé un "espace de conférence" simulant une reconstitution de la salle du Conseil des ministres de 1938, où Daladier s'était entretenu avec certains émissaires. L'idée était de proposer une immersion pédagogique : consulter des documents d'époque en 3D, écouter des reconstitutions de discours.

— Venez, commissaire, je vais vous montrer.

Ils franchirent une porte virtuelle, donnant sur une grande pièce aux lambris dorés, évoquant vaguement l'Hôtel Matignon de la Troisième République.

Sur une table ovale, des piles de dossiers numériques s'affichaient, qu'on pouvait ouvrir d'un geste de la main.

— Ici, on trouve les notes diplomatiques de Daladier, ses inquiétudes quant à la menace d'Hitler, expliqua Landrieu.

Bonnier fit apparaître un document en 3D, et un texte se déroula devant ses yeux : une lettre de Daladier exprimant ses doutes sur la fiabilité de l'Allemagne. Il repensa aux manipulations qu'Égide voulait en faire.

Soudain, un bip retentit.

— Que se passe-t-il ? Questionna Bonnier, un peu perdu dans cette interface.

— Je détecte un « channel privé » ouvert quelque part, répondit Landrieu, surpris.

Quelqu'un a créé un salon de discussion en mode crypté. Cela pouvait être n'importe qui, mais Bonnier soupçonna aussitôt un groupe d'extrémistes.

Il demanda aux techniciens de localiser le salon en question.

Les informaticiens, dans la salle réelle, pianotèrent sur leur clavier.

– On voit un salon baptisé « Héritiers 38 »… Protégé par un mot de passe. Deux ou trois avatars y sont connectés, expliqua un technicien dans le micro.

Bonnier se raidit. « Héritiers 38 » sonnait comme une référence aux accords de Munich de 1938, un nom qu'auraient pu choisir les fanatiques de la « pureté nationale ».

Il demanda à Landrieu s'il connaissait ce salon. L'historien secoua la tête.

– Jamais entendu parler.

4. Tentative d'infiltration

Le commissaire, malgré son inexpérience, voulut aussitôt tenter de s'infiltrer.

Les techniciens lui expliquèrent qu'ils pouvaient essayer de « casser » le mot de passe ou de localiser la clé d'accès.

C'était une zone grise légalement, car l'espace était privé, mais Bonnier considéra qu'il s'agissait d'une action de police pour prévenir un trouble majeur.

– On va tenter le coup, commissaire, dit l'informaticien le plus aguerri. Au bout de quelques minutes, ils découvrirent dans les logs qu'un utilisateur inconnu (sans doute un extrémiste) avait laissé traîner un indice : un « hint » public, en forme d'énigme, que les complices d'Égide devaient connaître. « Talleyrand » y faisait allusion, encore lui. Grâce à cela, l'équipe parvint à entrer dans le salon « Héritiers 38 » en contournant le mot de passe. Bonnier et Landrieu décidèrent d'avancer ensemble, leurs avatars se matérialisant dans un environnement virtuel plus sombre, presque austère : un espace de discussion dépouillé, sans décor.

Au centre, deux silhouettes (des avatars anonymes) discutaient, ne les ayant pas encore remarqués.

– …Le Bastier veut tout balancer dans deux jours, murmurait l'un des avatars, sa voix transformée.

– M. Talleyrand le soutient. On diffusera un résumé des « preuves » que Daladier a trahi la France, ça va faire scandale.

Bonnier se figea. Ainsi, c'était un espace où Égide – ou ses soutiens – conspirait.

Il fit signe à Landrieu de ne pas bouger. Peut-être pouvaient-ils écouter plus longtemps.

Mais soudain, l'autre avatar tourna la tête, semblant repérer leur présence.

– Qui êtes-vous ? Tonna-t-il, méfiant. Vous n'avez rien à faire ici. Dans ce monde virtuel, Bonnier ressentit un étrange flottement, comme si un froid s'emparait de la scène.

Il improvisa, cherchant à se faire passer pour un sympathisant.

– Je… pardon, je me suis trompé de salon, balbutia-t-il maladroitement.

Trop tard. Les deux avatars masqués disparurent d'un coup, signal d'une déconnexion rapide.

Bonnier et Landrieu s'entre-regardèrent (virtuellement).

– Ils ont compris qu'on n'était pas des leurs, murmura l'historien.

Les deux silhouettes s'étaient évanouies, coupant toute conversation. La connexion au salon « Héritiers 38 » se referma, laissant un écran vide.

5. ÉBAUCHE D'UNE PREUVE IRRÉFUTABLE

Même si la tentative d'infiltration avait échoué, Bonnier avait entendu l'essentiel : Le Bastier comptait "tout balancer dans deux jours".

Autrement dit, organiser son grand coup médiatique.

Et derrière lui se tenait toujours « M. Talleyrand », sans doute le haut conseiller Grégoire de Roncy.

Au moins, ils avaient la confirmation d'une action imminente.

– Commissaire, on pourrait tenter d'enregistrer la conversation comme preuve, dit l'un des informaticiens.

– Oui, mais ils ont coupé net avant qu'on en ait assez, soupira Bonnier.

Landrieu retira son casque, retrouvant le réel.

Il paraissait sonné par cette expérience.

– J'ai toujours pensé que le virtuel ouvrirait de formidables possibilités éducatives, mais je vois aussi comment il peut devenir un terrain de manipulation.

Bonnier hocha la tête. Il allait devoir continuer à explorer Horizon Radical, voire infiltrer d'autres salons privés. Peut-être que la prochaine fois, il serait plus prudent dans son approche.

6. Dialogue avec un « avatar ministériel »

En quittant la zone « Héritiers 38 », Bonnier s'attarda, il avait gardé son casque VR dans l'espace d'exposition reconstituant l'époque Daladier.

Là, les informaticiens avaient programmé un « bot » (comme un humain virtuel doté d'une intelligence artificielle) se faisant passer pour un ministre du gouvernement de Daladier, permettant aux visiteurs de converser pour mieux comprendre l'histoire.

— C'est une expérimentation pédagogique, expliqua Langevin, un brin embarrassé. On a recréé le "Ministre X" grâce à des discours et des archives, pour que les internautes puissent l'interroger sur 1938–1939.

Par curiosité (et pour se familiariser), Bonnier engagea la conversation. Il posa une question : « Ministre, pourquoi la France a-t-elle signé Munich ? »

L'avatar, doté d'une voix agréable, répondit : "Nous voulions éviter à tout prix la guerre, tout en espérant qu'Hitler se contenterait des Sudètes. Nous savions pourtant, dès 1939, qu'il préparerait autre chose…"

Malgré le côté artificiel, Bonnier ressentit une étrange impression d'assister à un dialogue hors du temps. L'avatar mentionna la faiblesse des alliances, l'opinion publique française qui redoutait un nouveau carnage après la Grande Guerre, l'espoir (illusoire) de calmer Hitler.

— Cela donne un aperçu nuancé, commenta Bonnier en se tournant vers Landrieu. Ça contraste avec les mensonges qu'Égide colporte.

— Justement, c'est pour ça que ce métavers est crucial. Les gens peuvent se documenter, échanger. Si Égide s'en empare, ils feront le contraire.

Le commissaire déconnecta finalement, ôtant casque et manettes.

Il retrouvait la salle informatique, éclairée par les néons, un peu étourdi par la transition. L'expérience l'avait convaincu qu'Horizon Radical était un champ de bataille potentiel, où tout se jouerait dans les prochains jours.

7. Un nouvel ultimatum

En sortant de la salle, Bonnier découvrit qu'on l'attendait au téléphone dans un bureau adjacent.

Un agent lui tendit l'appareil, l'air grave.

Il reprit son souffle avant de décrocher. La voix au bout du fil s'annonça sans détour :

– Commissaire Bonnier, ici Arnaud Le Bastier.

Bonnier ne put réprimer un sursaut.

Enfin, le chef d'Égide se manifestait directement, abandonnant l'anonymat relatif dont il jouissait jusqu'ici.

– Le Bastier… Vous avez du culot à m'appeler.

– Vous voulez m'arrêter, je le sais. Mais vous ne pourrez rien, commissaire. D'ici deux jours, notre rassemblement aura lieu, et nous rendrons publiques les « preuves » de la trahison de Daladier.

Votre comédie sera terminée.

La tension gagna Bonnier. Il songea à la « phase finale » dont avaient parlé Colbert et Ghislain. Il reprit un ton assuré :

– Vous manipulez l'Histoire pour semer la haine et la division. Vous répondez déjà de plusieurs délits, M. Le Bastier. Il est encore temps d'y renoncer.

– Renoncer ? S'esclaffa la voix. Non, commissaire. Il est trop tard. Le peuple apprendra ce que vos Radicaux ont fait en 1938. Et si vous persistez, votre belle République en pâtira.

Un silence glacé s'installa.

Bonnier sentit la rage et l'impuissance se mêler en lui. Le Bastier ajouta, cynique :

– Dites à vos amis du musée que leur Horizon Radical n'est pas à l'abri non plus. On y fera résonner notre discours, sans censure possible. Puis la communication se coupa.

Bonnier posa lentement le combiné, le regard dur. Il prit une seconde pour digérer la menace.

8. Discussion avec Madame Leroy

Il transmit aussitôt la nouvelle à la directrice Madame Leroy, qui le rejoignit dans un bureau annexe.

Elle était pâle, secouée par l'ampleur de la conspiration.

– Commissaire, si Le Bastier projette d'infiltrer Horizon Radical en direct, ce sera un choc terrible pour notre institution.

Les gens penseront que nous cautionnons son discours…

– Justement, il faut qu'on se prépare, coupa Bonnier. Nous devons sécuriser au maximum la plateforme et prévoir une présence policière virtuelle, si je puis dire.

– Une "cyber-patrouille"… ? bredouilla Leroy, entre perplexité et espoir.

– Oui. Et j'aurai besoin de votre accord, car nous risquons de prendre certaines libertés avec vos serveurs…

La directrice opina, malgré ses craintes. Il n'y avait plus d'autre choix.

Bonnier songea qu'il allait devoir mobiliser la cellule cyber, et sans doute faire appel à Landrieu et Langevin pour surveiller les salons publics ou privés.

L'idée d'une intervention policière dans un espace virtuel paraissait saugrenue, mais la menace l'exigeait.

9. LE SOUTIEN POLITIQUE S'ORGANISE

Avant la tombée du jour, le commissaire tint une réunion en petit comité, associant Contet, la ministre Vaugrenant (en visioconférence), le député Montfort et Landrieu.

Ils discutèrent de la « phase finale » annoncée par Le Bastier, du rendez-vous probable dans deux jours, et du danger d'une double action (réelle et virtuelle).

– Nous mettrons la ville en alerte, annonça la ministre. Les autorités préfectorales pourront interdire le rassemblement s'il y a risque de trouble à l'ordre public.

– Mais si Le Bastier bascule tout dans Horizon Radical, ça n'arrêtera rien, rappela Montfort.

– Exact, répliqua Bonnier. C'est pourquoi je compte déployer des moyens informatiques pour empêcher la diffusion de leurs fichiers tronqués, ou du moins la contrer en temps réel.

Landrieu proposa que les historiens, de leur côté, organisent une "contre-conférence" dans le métavers, rassemblant les documents authentiques.

Contet, lui, souligna le risque que les extrémistes sabotent tout de l'intérieur.

– Le Bastier est soutenu par un certain de Roncy, alias M. Talleyrand, ajouta Bonnier. Nous avons des preuves partielles, mais il reste à l'identifier formellement et à l'arrêter.

La ministre fronça les sourcils, prise entre la crainte du scandale et la volonté de rétablir l'ordre. Elle conclut la réunion :

– Commissaire, je vous donne carte blanche pour intervenir dans Horizon Radical. J'alerterai mes collègues gouvernementaux. Mais tâchez de recueillir des preuves solides contre de Roncy.

Bonnier acquiesça. Les pions étaient placés, l'échéance approchait.

Il ressortit avec un sentiment contradictoire : soulagement de ne plus être bridé, angoisse de mener une mission si atypique.

10. PRÉPARATIONS POUR LE GRAND JOUR

La nuit suivante fut brève.

Dès l'aube, Bonnier revint à la Société d'Histoire du Radicalisme.

Dans la salle informatique, on s'affairait : Langevin, Landrieu, les techniciens, tous préparaient la plateforme Horizon Radical à une éventuelle intrusion massive.

Des protocoles de sécurité étaient renforcés, des alertes paramétrées pour détecter toute création de salon suspect ou tout accès intempestif.

– Commissaire, déclara l'un des informaticiens, si Le Bastier et ses complices se connectent pour diffuser leurs fausses archives, nous devrions pouvoir repérer leurs avatars. Mais ils pourraient utiliser des proxys pour masquer leur IP.

– L'essentiel est de localiser les salons où ils parleront, et d'empêcher la propagation des fichiers illégitimes, dit Bonnier.

Il envisageait d'infiltrer lui-même l'événement, ou d'y envoyer un avatar avec l'aide de Landrieu pour contrer les arguments en direct.

L'idée de débattre dans un univers virtuel lui semblait étrange, mais c'était mieux que de laisser un monologue triomphant d'Égide.

Entre-temps, Contet organisait la surveillance réelle de la

ville, guettant les moindres indices sur le lieu du rassemblement physique. Ghislain soupçonnait une grande place du centre historique, mais rien n'était confirmé. Arnaud Le Bastier tenait à garder la surprise.

11. VERS LA CONFRONTATION FINALE

Dans l'après-midi, Bonnier reçut un message laconique de Colbert : « Je suis sur leurs traces. Méfiez-vous, ils veulent frapper demain soir. » Signe que la confrontation était peut-être avancée ?

Le commissaire exhala un soupir, se disant qu'il n'aurait pas le luxe d'une longue planification.

– Commissaire, murmura Langevin, j'ai peur que nous manquions de temps pour préparer un "contre-discours" si l'attaque arrive dès demain.

– On fera au mieux, répondit Bonnier, la voix déterminée. De toute façon, ils ne nous laissent pas le choix.

En son for intérieur, il ressentait une pointe d'angoisse : que se passerait-il si Égide parvenait à prendre le contrôle de la narration, balançant ses mensonges sur Daladier devant un large public, sans qu'aucun démenti immédiat ne soit possible ?

L'électrochoc médiatique risquait de provoquer un séisme, sapant la crédibilité du Parti Radical et de la République aux yeux du plus grand nombre.

Malgré tout, Bonnier puisait de la force dans l'alliance qu'il avait formée : la ministre Vaugrenant, le député Montfort , les historiens Landrieu et Langevin, et son équipe policière. Une alliance inattendue, un front commun pour défendre la vérité historique contre l'extrême droite.

12. L'ULTIME PAS

Le soir venu, Bonnier sirota un café en silence, un dossier posé devant lui.

À l'intérieur, les derniers rapports confirmant que de Roncy jouait un rôle actif dans le financement d'Égide.

Les preuves s'accumulaient, mais il n'avait pas encore réussi à le prendre la main dans le sac ou à relier formellement ses comptes anonymes à son identité officielle.

Un mandat d'arrêt risquait de ne pas suffire sans élément irréfutable.

– Demain, on tente le tout pour le tout, songea-t-il. Il pensa à la double mission : empêcher la manifestation clandestine, repérer ou arrêter Le Bastier et ses complices, puis intervenir dans Horizon Radical pour bloquer la diffusion de pseudo-archives falsifiée.

Rarement il s'était senti aussi investi, comme une bataille pour le passé et le présent à la fois.

CHAPITRE 9 : LA TAUPE

1. LE RÉVEIL SOUS TENSION

Le jour se levait à peine sur Lyon lorsqu'une pluie fine commença à tomber, glissant sur les trottoirs et les pare-brise des voitures stationnées.

Dans son bureau, le commissaire Lucien Bonnier fixait le plan de la ville épinglé au mur, là encore, à l'ancienne. Plusieurs lieux étaient pointés : la place des Terreaux, la place Carnot, le parc de la Tête d'Or… autant de spots potentiels pour la manifestation clandestine annoncée par Arnaud Le Bastier.

— Commissaire, appela Contet depuis la porte, on a reçu un rapport : un tract circule sur les réseaux, appelant à un "rassemblement patriotique" ce soir, place des Terreaux.

— C'est donc confirmé, murmura Bonnier, le front plissé d'inquiétude.

Le Bastier et ses hommes n'avaient plus l'intention de se cacher. Ils allaient frapper en plein cœur de la cité.

Bonnier se demanda quelle ampleur aurait ce rassemblement : serait-ce quelques dizaines de militants d'extrême droite ou une foule plus large ?

Dans tous les cas, la tension promettait d'être à son comble, d'autant que des groupes antifascistes risquaient de se mobiliser pour contrer la manifestation.

— Planifions un dispositif de sécurité, Contet. On va devoir encadrer la place, prévenir les débordements.

— Bien, commissaire. Mais… si Le Bastier prononce son grand discours ?

— Alors nous interviendrons, et si possible, nous l'arrêterons sur le champ.

Contet acquiesça.

Bonnier savait que l'autre front, virtuel, l'attendait aussi.

Contet confirma qu'un « salon spécial » dans Horizon Radical était programmé pour la même heure, propice à la diffusion de documents tronqués.

2. LA MISE EN GARDE DE COLBERT

Vers dix heures, Bonnier reçut un coup de fil crypté de Colbert, l'informateur qui avait déjà prouvé sa fiabilité.

La voix de Colbert, légèrement tremblotante, s'adressa à lui :

— Commissaire, j'ai appris que le Commanditaire, ce de Roncy, sera présent ce soir, en coulisses. Mais il ne se montrera pas forcément en public.

— Où ? Sur la place ? Dans le métavers ?

— Probablement pas sur la place. Il préfère opérer à distance, ou dans une loge discrète. J'ai cru comprendre qu'il superviserait l'événement depuis un hôtel particulier, où il recevrait des journalistes complices.

Un frisson parcourut Bonnier. Ainsi, de Roncy orchestrerait le chaos depuis son repaire, prêt à appuyer Le Bastier si les choses tournaient mal.

Le commissaire griffonna vite quelques notes :

— Merci, Colbert. Vous ne savez pas quel hôtel ?

— Pas encore, mais je continue de chercher. J'essaierai de vous rappeler avant ce soir.

Bonnier raccrocha, le cœur serré. Ce double jeu rendait la situation encore plus complexe.

D'un côté, un rassemblement de rue ; de l'autre, une potentielle retransmission en direct, orchestrée par un conseiller influent et relayée dans le métavers.

3. LE CONTRE-FEU DES HISTORIENS

Pendant ce temps, Jean-Baptiste Landrieu et Paul Langevin étaient à pied d'œuvre, s'activant dans la salle informatique du musée pour monter un "contre-feu".

Ils prévoyaient de lancer, à la même heure que la manifestation, une conférence virtuelle dans Horizon Radical, ouverte au public, où des historiens reconnus expliqueraient le vrai contexte de Munich et de l'annexion de la Tchécoslovaquie.

L'objectif : court-circuiter la propagande d'Égide.

— Commissaire, on compte sur votre soutien pour prévenir tout sabotage, expliqua Langevin, le regard déterminé.

– Je ferai de mon mieux. Nous allons déployer notre cellule cyber pour filtrer les intrusions, répondit Bonnier, déjà en contact avec les informaticiens.

Certains se demandaient s'il ne valait pas mieux reporter l'initiative, par crainte d'attirer les pirates.

Mais Landrieu arguait qu'il fallait au contraire occuper le terrain médiatique. Mieux valait ne pas laisser Le Bastier parler seul.

4. UN ENTRETIEN AVEC GHISLAIN

En début d'après-midi, Ghislain, le repenti d'Égide, demanda à voir Bonnier.

Dans une salle d'interview, le jeune homme, la mine sombre, révéla qu'il avait reçu un message inquiétant de ses anciens « camarades » :

– Ils me traitent de traître, menacent de me retrouver. Mais ils ont aussi insinué qu'une « taupe » existait au sein du musée, quelqu'un qui leur fournit encore des accès.

– Une taupe…, répéta Bonnier, fronçant les sourcils. Nous avions déjà soupçonné Marcel Vincennes, le technicien, mais il a disparu.

– Peut-être que c'est un autre employé, suggéra Ghislain.

Quelqu'un qui leur fournit des identifiants sur Horizon Radical, ou des documents internes.

Bonnier sentit son sang se glacer. Si une taupe opérait toujours au musée, elle pouvait saboter le travail de Landrieu et Langevin, voire faciliter l'intrusion d'Égide dans le métavers ce soir même.

– Tu n'aurais pas un nom, un indice ?

– Non, juste cette menace : « notre taupe veille ».

Le commissaire songea à interroger plus en profondeur l'ensemble du personnel, mais il manquait de temps pour mener de longues investigations.

Le soir approchait, et la double confrontation se dessinait. « Taupe » ou pas, il devait faire face.

5. LE PLAN D'ACTION

En fin d'après-midi, Bonnier réunit son équipe pour un bref briefing.

Contet coordonnerait la présence policière sur la place des Terreaux : un dispositif discret mais réactif, prêt à intervenir si la manifestation d'Égide dégénérait.

De son côté, Bonnier garderait un contact direct avec la salle informatique du musée, pour surveiller la plateforme Horizon Radical en temps réel.

— Au moindre signe de violence, on arrête Le Bastier, annonça Bonnier. De préférence, on l'attrapera avant qu'il ne commence son laïus.

— S'il est malin, il attendra de voir s'il y a suffisamment de monde pour se lancer, objecta Contet.

— Alors nous nous adapterons. Bonnier expliqua aussi la possibilité que de Roncy se manifeste dans la soirée, soit en personne, soit via un salon virtuel. Ils devaient rester en alerte, prêts à tenter de l'identifier ou de collecter la preuve de son implication.

6. Une soirée en deux fronts

19 h. La nuit enveloppait déjà les rues de Lyon.

La place des Terreaux commençait à accueillir des petits groupes : quelques drapeaux bleu-blanc-rouge, des banderoles patriotiques.

Contet, caché sous un manteau, repéra des visages liés à l'extrême droite locale.

Pas de Le Bastier en vue, du moins pas encore.

Au musée, l'équipe de Landrieu finalisait la mise en ligne de la conférence virtuelle. Plusieurs historiens se connectaient depuis divers endroits, prêts à intervenir via des avatars.

Bonnier, posté devant un moniteur, ressentait l'adrénaline : surveiller la rue par radio avec Contet, guetter l'univers virtuel à l'écran… une double mission inédite.

— Commissaire, annonça un technicien, je détecte une hausse inhabituelle de connexions sur Horizon Radical. Ça monte en flèche.

— Sans doute les gens intrigués par l'événement, ou les militants d'Égide, répliqua Bonnier. Gardez un œil sur la création de salons privés.

Vers 20 h, Bonnier reçut un message radio : Contet signalait que la foule grossissait sur la place. Une centaine de personnes, peut-être plus, parfois encagoulées, brandissant des panneaux accusant « Daladier = Traître ».

Certains scandaient déjà des slogans.

– Pas de Le Bastier visible, mais on a repéré Baptiste Renan, un lieutenant d'Égide, informa Contet.

– Restez groupés, on attend que Le Bastier se montre.

Dans la salle informatique, Landrieu transmettait un autre élément : un nouveau salon baptisé "MunichRévélations" venait d'apparaître sur la plateforme, protégé par un mot de passe. Les informaticiens tentaient de s'y glisser.

– Ça doit être eux, soupira Bonnier.

7. LA MANIFESTATION DÉGÉNÈRE

20 h 30. Sur la place des Terreaux, la tension monta d'un cran.

Des passants s'arrêtaient, certains pour protester, d'autres par curiosité.

D'un coup, un groupe antifasciste déboula d'une rue latérale, scandant des slogans antinazis.

Le face-à-face s'enflamma rapidement : invectives, jets de projectiles. Contet, en liaison radio, alertait le commissaire :

– Ça se corse, commissaire. On risque un affrontement majeur. J'attends vos consignes pour intervenir.

– Envoyez les forces de l'ordre en protection, pas d'usage excessif de la force. Essayez de contenir la situation… et surtout, guettez Le Bastier.

Bonnier avait le regard rivé sur la vidéo en direct, transmise via son smartphone par un collègue. La place se noyait dans un brouhaha. Des banderoles pro-Égide « Daladier = Munich = Collaboration » s'agitaient, pendant que d'autres criaient « Fascistes, hors de Lyon ! ».

Soudain, un homme prit la parole, juché sur un escabeau.

À travers l'écran, Bonnier reconnut Arnaud Le Bastier, barbe taillée, veste sombre. Une clameur l'entoura.

Il brandit un micro, commença à s'exprimer :

– « Français, vous êtes trompés depuis 1938 ! Notre République est née d'une capitulation honteuse, d'un pacte scellé avec Hitler… ».

Il citait Daladier, Chamberlain, Mussolini, déversant les accusations habituelles.

Bonnier, aux commandes, demanda à Contet d'avancer discrètement avec ses agents.

8. L'ATTAQUE DANS LE MÉTAVERS

Au même instant, un technicien s'écria depuis la salle informatique :

– Commissaire, ça bouge dans Horizon Radical. On voit un groupe d'avatars rassemblés dans le salon privé « MunichRévélations ». Ils ont forcé l'accès public, ils diffusent déjà des extraits…

Bonnier se focalisa sur l'écran dédié : un flux vidéo montrait, en temps réel, plusieurs avatars portant des noms évocateurs (« Patrie38 », « HitlerDévoile »…) autour d'une table virtuelle.

Ils affichaient des documents d'archives, avec des passages soulignés en rouge, prétendant prouver que Daladier avait « validé » l'invasion de la Bohême-Moravie.

Un chat textuel montrait des commentaires enflammés de spectateurs, certains s'étonnant, d'autres applaudissant.

– Il faut intervenir, ou ils vont convaincre des centaines d'internautes, s'alarma Landrieu.

Bonnier, serrant les dents, demanda aux informaticiens de lui donner accès, via son avatar, au salon. Il enfila le casque de réalité virtuelle, prêt à plonger à nouveau. Dans l'oreillette, Contet criait :

– Commissaire, la situation est tendue. On va stopper Le Bastier… Bonnier, la gorge serrée, répondit :

– Fais au mieux, Contet. Moi, je gère la partie virtuelle.

9. IMMERSION D'URGENCE

Il fallut quelques secondes pour que le commissaire se retrouve dans un décor sombre, où les avatars d'Égide se tenaient en cercle.

Au milieu, un orateur virtuel, se faisant appeler « Vercingétorix84 », exhibait des pseudo-extraits de lettres soi-disant signées de Daladier.

On y lisait des formules ambiguës, sorties de leur contexte, donnant l'impression que le dirigeant français avait encouragé Hitler à poursuivre son expansion.

– Arrêtez cette mascarade, lança Bonnier à travers son avatar, tentant un ton ferme. Vous déformez l'Histoire. Les avatars se retournèrent vers lui. L'un, baptisé « Patrie38 », éclata de rire :

– Qui es-tu pour nous contredire ? On dispose d'archives irréfutables. Regarde ce document…

La scène se jouait comme un débat en réalité virtuelle, mais Bonnier savait que derrière chaque avatar se trouvait un militant.

Il scanna du regard les pseudos : peut-être que derrière l'un se cachait Le Bastier, ou même de Roncy.

En tout cas, la propagande battait son plein, des spectateurs applaudissant par émoticônes.

– Daladier n'a jamais encouragé Hitler, c'est un mensonge, riposta le commissaire. Vos extraits sont tronqués.

Le dénommé « Vercingétorix84 » balança un nouvel écran 3D, clamant :

– Lisez vous-mêmes : « Nous devons céder devant le Reich, pour éviter la guerre ». Voilà les mots de Daladier.

Bonnier répliqua :

– Montrez-nous la totalité du texte, pas seulement une phrase.

Un silence pesant s'installa, puis « Patrie38 » changea de sujet, fustigeant la lâcheté française.

Landrieu, qui s'était connecté sous un avatar d'historien, intervint en postant dans le chat un lien vers le document original complet. Quelques spectateurs cliquèrent, semblant surpris de l'énorme différence de contexte.

10. Chaos virtuel et réel

Alors que Bonnier et Landrieu tentaient de contrer la propagande dans le salon numérique, Contet, sur la place des Terreaux, s'activait.

Le Bastier continuait son discours incendiaire :

– « Français, vos aïeux ont laissé faire Hitler ! Daladier a signé l'abandon de la Tchécoslovaquie, permettant la naissance de la collaboration… ».

Les policiers s'approchèrent. Des pétards claquèrent, provoquant une cohue.

Contet ordonna l'intervention, espérant capturer Le Bastier avant que la situation ne dégénère en bagarre générale.

Hélas, le tribun s'aperçut de l'avancée des uniformes, bondit de son estrade improvisée et se faufila dans la foule. Des militants d'Égide formèrent un bouclier humain pour le protéger.

– On va le perdre, grommela Contet dans son micro. Commissaire, je fais au mieux ! Dans la salle informatique, Bonnier essayait de suivre la scène via le flux vidéo. Cela créait un dédoublement stressant : d'un côté, l'émeute qui couvait sur la place ; de l'autre, la joute verbale dans Horizon Radical.

À l'écran, les avatars de la conférence légitime tentaient d'inviter le public à rejoindre une session explicative ; à quelques « mètres » virtuels, les extrémistes continuaient leur show.

11. Un rebondissement imprévisible.

Soudain, un nouvel avatar apparut dans le salon d'Égide, se nommant « Talleyrand-01 ».

Bonnier sentit son cœur s'emballer : pouvait-il s'agir du Commanditaire lui-même, Grégoire de Roncy, venu orchestrer la bataille finale ?

— « Talleyrand-01 » : « Amis, ne perdez pas de temps avec ces pseudo-historiens. Publiez plutôt le document final, celui qui prouve la collusion totale. »

Sous ses yeux, Bonnier vit l'avatar « Patrie38 » téléverser un fichier volumineux, censé être la fameuse « révélation ». Aussitôt, une barre de progression indiqua que le fichier se propageait à tous les spectateurs présents.

Une clameur s'éleva dans le salon : « Vive la France libre ! À bas les traîtres de 38 ! » Bonnier se tourna virtuellement vers Landrieu :

— On doit l'empêcher.

— Trop tard, les gens le téléchargent déjà.

Désespéré, le commissaire envoya un signal aux informaticiens en salle réelle :

— Pouvez-vous bloquer cet upload ? Le chef de la cellule cyber répliqua dans son casque :

— Je tente un blocage en force, commissaire, mais ils sont nombreux. Les spectateurs relaient le fichier, il se démultiplie...

Bref, impossible d'endiguer complètement la diffusion.

Bonnier, fou de rage, chercha l'avatar « Talleyrand-01 » du regard. Celui-ci venait de disparaître, comme si le Commanditaire s'était contenté d'annoncer la mise en ligne avant de se volatiliser.

12. Poursuite et révélation

La tension s'alourdit dans le salon virtuel. Bonnier osa lancer un ultime défi :

– Tout ça n'est qu'un tissu de mensonges. Si vous aviez la moindre preuve réelle, vous ne vous cacheriez pas derrière ces extraits falsifiés. « Patrie38 » l'invectiva :

– Mensonges ? Regarde plutôt ce que Daladier a signé. Nous prouverons qu'il a encouragé Hitler.

D'un coup, un nouvel avatar fit irruption, griffant l'espace comme une tornade : Colbert (ou du moins un pseudo du même genre). Il projeta sur la table virtuelle un autre document, visiblement l'original complet, sans coupe. Un extrait où Daladier exprimait sa résignation : « …je redoute que Hitler ne profite de cette concession pour envahir plus loin, mais nous sommes acculés… ».

Le choc fut palpable.

Quelques spectateurs, indécis, lurent ces lignes. Certains quittèrent la session, conscients d'une manipulation. « Patrie38 » s'égosilla :

– C'est faux, c'est une contrefaçon.

Mais la confusion s'installa. Bonnier, reprenant courage, montra la différence flagrante entre les deux versions, l'une amputée de paragraphes cruciaux, l'autre complète. Plusieurs avatars se dispersèrent.

La joute tournait à l'avantage de la vérité, ou du moins, à un chaos où Égide ne triomphait plus aussi aisément.

Au même moment, l'oreillette de Bonnier crachota la voix de Contet :

– Commissaire, on a pris Le Bastier. On l'a eu au moment où il tentait de fuir dans une ruelle !

Le commissaire sentit un soulagement le gagner. « Phase finale » ou pas, le chef d'Égide était désormais sous les verrous.

Restait le Commanditaire, "Talleyrand-01" alias de Roncy.

– Bien joué, Contet. Je termine ici, puis je rejoins le poste.

Il ôta son casque, retrouvant les néons crus de la salle, l'air sec et réaliste.

Landrieu et Langevin, aux côtés des techniciens, lâchèrent un soupir collectif. La « guerre virtuelle » n'était pas totalement gagnée, car le fichier falsifié circulerait sur internet, mais la résistance avait été farouche. Au moins, on avait pu diffuser le document intégral, aidé par l'intervention surprise de Colbert.

13. L'INTERROGATOIRE CRUCIAL

Une heure plus tard, Bonnier rejoignit Contet au commissariat. Arnaud Le Bastier était détenu dans une salle d'interrogatoire, menotté. Visiblement blessé à la joue par une bousculade, mais toujours arrogant, il fixait le commissaire d'un regard noir.

— Ah, le héros de la République, ironisa Le Bastier.

— Vous venez de vous tirer une balle dans le pied, Le Bastier.

Incitation à la haine, fausse divulgation historique, manifestation non déclarée, violence… la liste est longue.

L'idéologue ne broncha pas, haussa les épaules.

Contet, assis à côté de Bonnier, attendait. Puis le commissaire attaqua, ferme :

— Parlez-moi de votre complice, « Talleyrand » ou Grégoire de Roncy. On sait qu'il finance vos actions. Où est-il ?

— Je ne vois pas de quoi vous parlez, ricana Le Bastier.

Bonnier insista, mentionnant les fichiers de Patrimoine National, les virements bancaires. Le Bastier resta mutique, affichant un sourire narquois. Il comptait sans doute sur la protection politique de son mentor.

Bonnier redoubla de détermination.

— Vous allez prendre cher, Arnaud. Inutile de nier. On a de multiples preuves de votre collusion. Si vous espérez un allègement de peine, il va falloir coopérer.

Le Bastier garda le silence.

Bonnier le laissa mariner. De toute façon, la partie n'était pas finie : il fallait encore mettre la main sur de Roncy.

Contet souffla :

— On va exploiter tout ce qu'il y a sur son téléphone et celui de ses lieutenants.

Le commissaire acquiesça.

Il était confiant qu'en recoupant les logs d'Horizon Radical, les relevés bancaires, et l'interrogatoire des complices, ils finiraient par démasquer officiellement le Commanditaire.

14. Sur le fil

Alors que l'horloge affichait 23 h, Bonnier, assis dans son bureau, fit un point final avec ses équipes.

La manifestation avait été dispersée, on dénombrait quelques blessés légers.

Arnaud Le Bastier était sous les verrous, tout comme plusieurs de ses principaux lieutenants.

Sur internet, l'assaut virtuel d'Égide avait été partiellement neutralisé, grâce à la riposte menée par les historiens et l'aide inespérée de Colbert.

— Commissaire, vous avez eu chaud, plaisanta Contet, se massant l'épaule endolorie.

— Oui, ça aurait pu être pire, admit Bonnier.

À la télévision, des chaînes montraient des images de la place des Terreaux, les slogans haineux, puis l'émeute contenue.

Certains reportages soulignaient déjà l'intervention de la police pour arrêter Le Bastier en plein acte.

D'autres évoquaient la confusion dans le métavers, moins visible pour le grand public.

Landrieu, qui venait d'arriver, expliqua que la conférence historique en ligne avait tout de même touché de nombreux curieux, permettant de rétablir en partie la vérité sur Munich et la posture de Daladier en 1938–1939.

— Le « fichier explosif » d'Égide, tronqué, est certes en circulation, mais beaucoup d'utilisateurs disent avoir découvert les versions complètes des archives, confia l'historien. Un mince soulagement. L'impact du mensonge ne serait pas aussi dévastateur que le craignait Bonnier.

15. L'ombre de la taupe

Au beau milieu de ces bilans en demi-teinte, Langevin arriva, livide. Il venait de découvrir un fait troublant :

— Commissaire, j'ai vérifié les accès internes sur Horizon Radical. Il y a eu, en interne, un « pseudo-admin » qui a autorisé le salon « MunichRévélations » à passer en diffusion publique. C'est forcément un membre de l'équipe. La taupe, donc, avait frappé.

Contet pesta :

– Je croyais que Marcel Vincennes était notre suspect principal Mais s'il est en cavale, qui d'autre ?

Bonnier songea à l'ensemble du personnel. L'enquête interne s'annonçait ardue. Le soir même, pas question de plonger là-dedans, mais il faudrait clarifier cette affaire rapidement. Sinon, d'autres fuites pouvaient survenir. D'autant que, même si Le Bastier était arrêté, Égide n'était pas totalement démantelé.

– On fera un audit demain. Pour l'heure, on doit savourer la victoire, partielle, sur Le Bastier, trancha Bonnier.

16. ÉPILOGUE PROVISOIRE : UN RÉPIT AVANT LA SUITE

Alors que minuit approchait, Bonnier s'accorda enfin quelques instants de répit.

Devant la machine à café, il repassa les événements de la soirée.

Deux fronts : la place des Terreaux, la scène virtuelle d'Horizon Radical.

Deux batailles disputées, dont la police et les historiens étaient sortis globalement vainqueurs, malgré quelques blessures et un chaos certain.

Le commissaire songea à ce Commanditaire, ce « Talleyrand-01 » ou Grégoire de Roncy, toujours en cavale.

Colbert n'avait pas rappelé, signe que l'homme restait insaisissable pour le moment.

Nul doute, cependant, que l'arrestation de Le Bastier ferait tomber des masques, dès que les interrogatoires avanceraient. Dans les couloirs du commissariat, la rumeur courait que le procureur Duval se préparait à inculper plusieurs figures d'Égide.

Madame Leroy, de son côté, projetait de relancer la numérisation complète des archives, afin de « vacciner » le public contre toute manipulation future.

Landrieu prévoyait même de créer un module spécifique dans Horizon Radical, intitulé « Munich, au-delà des clichés », où chacun pourrait comprendre la complexité de la décision de 1938.

Le commissaire ferma un instant les yeux.

Ce qu'il avait vécu ce soir-là, un double combat réel et virtuel, témoignait de l'évolution de la société moderne.

La mémoire historique était devenue un champ de bataille où les adversaires se masquaient derrière des avatars, et où les idées se confrontaient en temps réel.

À présent, il lui fallait dénouer les derniers   fils : arrêter le Commanditaire, débusquer la taupe au musée, consolider la vérité autour de Daladier

CHAPITRE 10 :
UNE COURSE CONTRE LA MONTRE

1. LENDEMAIN D'ÉMEUTE

Les premiers rayons de soleil effleuraient la ville de Lyon lorsqu'un léger voile de brume se dissipa sur les quais du Rhône. Au commissariat central, l'agitation régnait déjà.

Les conséquences de la soirée tumultueuse s'imposaient dans tous les esprits : la manifestation d'extrême droite avortée, l'arrestation d'Arnaud Le Bastier, la confusion dans le métavers Horizon Radical.

Le commissaire Lucien Bonnier, la mine fatiguée, butait sur son premier café.

Les écrans autour de lui diffusaient en boucle des images de la dispersion du rassemblement, des visages encagoulés, des slogans haineux et des panneaux accusant Daladier de trahison.

Les médias nationaux relayant la nouvelle, la question de la « trahison de 1938 » faisait la une.

Au moins, l'étincelle d'un embrasement généralisé avait été évitée. Les casseurs s'étaient dispersés tard dans la nuit, et la majorité des interpellés appartenaient à la mouvance d'Égide. Mais la situation demeurait fragile : l'enquête devait encore révéler qui, en haut lieu, soutenait le mouvement. Et la mystérieuse « taupe » au musée courait toujours.

— Commissaire, interpella Contet, sa voix grave sortant de l'ascenseur. Bonne nouvelle : Le Bastier est en cours d'interrogatoire. On va voir s'il lâche quelque chose.

Bonnier se redressa, la détermination ravivée. Les fragments éparpillés de l'affaire allaient peut-être enfin se rassembler.

2. L'INTERROGATOIRE DE LE BASTIER

Dans une salle de garde à vue, Arnaud Le Bastier attendait, menotté aux poignets.

Une ecchymose ornait sa pommette, souvenir de son arrestation mouvementée. Son regard exprimait une colère froide.

Bonnier entra, suivi de Contet. Pas de salutations inutiles.

– Alors, M. Le Bastier, vous voyez où vos agissements vous ont mené, entama le commissaire d'un ton posé.

Le Bastier esquissa un rictus. Ses yeux brillaient d'un fanatisme intact.

– Vous n'étoufferez pas la vérité, commissaire. D'autres prendront la relève.

– Parlons plutôt de votre complice, « M. Talleyrand » ou Grégoire de Roncy. Reconnaissez qu'il a financé votre groupuscule, n'est-ce pas ?

Le visage de Le Bastier se ferma aussitôt. Il détourna le regard, fixant un point imaginaire sur le mur.

– Je n'ai rien à dire.

Bonnier s'efforça de conserver son calme, bien qu'il sente monter en lui la frustration. Il activa l'enregistreur.

– Nous avons pourtant des preuves bancaires, extraites des comptes de l'association Patrimoine National. Sans oublier les échanges de mails où votre pseudonyme « Patrie38 » remercie « Talleyrand » pour son soutien.

Un silence.

Puis Le Bastier ricana.

– Vous n'êtes pas en mesure de comprendre la portée historique de notre combat. De Roncy, moi, nous ne sommes que des maillons pour rétablir la véritable France.

Bonnier réprima un frisson.

L'idéologie d'Égide persistait, nourrie par des fantasmes sur la « trahison » de Daladier.

Il fit signe à Contet, qui déposa devant Le Bastier une pile de photographies : extraits de virements bancaires, captures d'écran de discussions sur le métavers, clichés de la manifestation avortée.

– Tout ça, c'est votre œuvre. Vous risquez gros, M. Le Bastier, ajouta Contet. Si vous voulez réduire la peine, livrez-nous de Roncy.

Le Bastier ne réagit pas, les mâchoires crispées.

Bonnier comprit qu'il restait déterminé à protéger son Commanditaire.

3. LA CELLULE CYBER À L'ŒUVRE

Pendant ce temps, dans une salle toujours équipée d'ordinateurs puissants, la cellule cyber décryptait les fichiers récupérés la veille.

Les logs des salons virtuels, la copie du fichier « MunichRévélations », et de multiples échanges signés « Talleyrand-01 ».

L'agent Caroline Lagrange, chef de la cellule, fit un rapport succinct au commissaire :

— Commissaire, on a mis la main sur des métadonnées qui prouvent que l'ordinateur de « Talleyrand-01 » se connectait depuis un VPN, mais on a détecté quelques fuites d'IP menant vers un réseau administratif gouvernemental.

— De Roncy est bel et bien un haut conseiller… tout concorde, répliqua Bonnier.

— On continue à fouiller pour localiser précisément l'origine.

Bonnier acquiesça.

Le puzzle prenait forme : si l'on prouvait que « Talleyrand-01 » se connectait depuis un bureau ministériel ou un hôtel particulier rattaché à de Roncy, on disposerait d'un élément solide pour l'impliquer pénalement.

En parallèle, Lagrange mentionna aussi la taupe du musée :

— Plusieurs fois, un compte « admin-secondaire » a validé des accès illicites. On pense à un employé du musée, tout comme on soupçonnait Marcel Vincennes, mais ce compte a encore servi… hier soir.

— Vincennes étant introuvable, un autre suspect est probable, répondit Bonnier, le regard sombre.

4. L'Éclat du Lendemain

Dans le hall du commissariat, des journalistes attendaient, cherchant des déclarations sur l'arrestation de Le Bastier. Bonnier se contenta de quelques mots laconiques :

— Monsieur Le Bastier est en garde à vue, nous poursuivons l'enquête. Pas d'autres commentaires.

Les médias titraient déjà : « La fin d'Égide ou simple répit ? » ; « Daladier, un fantôme qui hante la République ».

Des éditorialistes dénonçaient la tentative de réécriture historique, pendant que d'autres insinuaient qu'un scandale plus grand couvait, impliquant un « haut responsable anonyme ».

— Tout ce tumulte va nous mettre la pression, marmonna Contet.

— Tant mieux. Si ça force certains à parler, nous pourrions trouver de Roncy plus vite, rétorqua Bonnier.

Il planifia vite un rendez-vous avec la ministre de la Culture, Claire Vaugrenant, et le député Montfort, pour faire le point.

5. Une allégation choc de la presse

Dans l'après-midi, un article choc parut sur un site d'information en ligne, titrant : « Exclusif : Un haut conseiller financera le retour d'une extrême droite révisionniste ? »

L'auteur, Thibaut Marcellesi, journaliste d'investigation, citait des sources anonymes affirmant que Grégoire de Roncy, conseiller ministériel, organisait en secret la chute du Parti Radical via la manipulation de l'Histoire.

— Commissaire, vous avez vu ça ? Questionna Montfort au téléphone, la voix pressée. Je n'ai pas parlé à Marcellesi, mais quelqu'un l'a fait.

— Peut-être Colbert, ou un autre lanceur d'alerte, supposa Bonnier.

Si la rumeur devenait publique, de Roncy risquait de s'évaporer. Bonnier ressentait l'urgence d'agir. Il devait obtenir un mandat pour perquisitionner l'hôtel particulier où de Roncy résidait, ou son bureau. Mais sans preuve plus solide, le procureur hésiterait.

6. Le Rendez-Vous avec la Ministre

En début de soirée, Bonnier se retrouva face à la ministre de la Culture, Claire Vaugrenant, et au député Montfort, réunis dans un salon discret du ministère.

Les rideaux tirés, l'atmosphère feutrée, tout évoquait la délicatesse de la situation.

— Commissaire, entama la ministre, nous sommes prêts à vous soutenir pour que vous obteniez un mandat visant le bureau de M. de Roncy. Mais il faut un dossier irréfutable.

— Nous avons déjà un faisceau d'indices, Madame la Ministre. Je vais en faire état au procureur Duval dès demain matin. Montfort, le visage tendu, ajouta :

— C'est une bombe politique. Si de Roncy est pris la main dans le sac, ça montrera qu'un haut conseiller conspuait l'héritage daladiériste pour affaiblir notre Parti.

Bonnier songea à la dimension nationale de l'affaire, se rappelant que la République avait déjà été secouée par des scandales analogues. Il restait serein. L'important était de ne pas céder à la pression, ni à l'enthousiasme médiatique.

— Je ferai ce qui est juste, monsieur Montfort. Mais je dois d'abord sceller la preuve, confirma-t-il.

7. La Révélation de la Taupe

Plus tard dans la soirée, alors que Bonnier comptait enfin souffler, un agent l'informa qu'on avait trouvé Marcel Vincennes, le technicien suspecté, dans un squat de la banlieue lyonnaise.

Les policiers l'avaient cueilli au petit matin. On le transféra en cellule aussitôt.

— Commissaire, j'ai voulu voir ce Vincennes, murmura Contet.

Il nie tout en bloc, prétend qu'il a quitté la ville depuis des semaines.

— Ce qui est curieux, répliqua Bonnier, c'est que quelqu'un s'est encore servi du compte admin-secondaire hier. Donc, Vincennes n'est pas la taupe… Une certitude : Marcel Vincennes n'était pas le « admin-secondaire ».

Il pouvait avoir fourni initialement des clés d'accès, mais la taupe persistait.

Soudain, un message anonyme arriva dans la boîte mail du commissaire, signée « Colbert ». Le texte, bref, indiquait : « Votre taupe s'appelle L. / Confirmation au bureau 37, RDV minuit. » Bonnier pâlit. "L." comme Langevin ? Landrieu ? Contet ? La directrice Leroy ? Trop de noms commençaient par un L.

— Impossible, se défendit instinctivement Bonnier. Contet est mon adjoint loyal… Landrieu, c'est un historien respecté… Leroy, directrice passionnée… Langevin, archiviste…

Le doute l'assaillit. Contet fronça les sourcils, se sentant visé, mais Bonnier le rassura.

— Ne t'inquiète pas. Je te fais confiance. Mais on devra creuser cette info de Colbert. Il n'a jamais balancé de fake.

8. À la Recherche d'Indices

Minuit approchait. Bonnier se rendit, seul, au bureau 37 du commissariat, un local délaissé dans l'aile arrière.

Là, Colbert, dissimulé sous un manteau sombre, l'attendait. Son visage restait partiellement caché, l'éclairage blafard soulignant ses traits tendus.

— Commissaire, je suis désolé de lâcher le nom, mais la taupe, c'est… Langevin. Paul Langevin, l'archiviste, l'un des piliers de la Société d'Histoire du Radicalisme.

Bonnier sentit un choc. Ce collaborateur affable, investi dans la préservation des manuscrits, comment aurait-il pu trahir ?

— Colbert, t'es sûr ?

— Absolument. J'ai surpris une conversation. Langevin coopérait avec Égide, d'abord sans le vouloir, en donnant des accès, puis plus sciemment pour saboter Horizon Radical. Il prétend avoir été menacé, ou acheté, je ne sais pas.

Le commissaire serra les dents. Tout prenait un sens. La facilité avec laquelle les salons privés s'ouvraient, l'« admin-secondaire » encore actif…

— Mais c'est invraisemblable, lâcha-t-il, mi-grognement mi-souffle.

— Et pourtant, c'est lui. Vérifiez ses logs. Vous verrez.

Bonnier hocha la tête, lourdement. Il remercia Colbert, conscient du courage de ce dernier.

9. LA CONFRONTATION AVEC LANGEVIN

Aux premières lueurs du matin, Bonnier débarqua au musée, l'âme en vrac. Paul Langevin était déjà présent dans la salle informatique, réglant des configurations. L'air de rien, Bonnier s'approcha, accompagné de Contet.

— Paul, j'ai besoin de vous parler. L'archiviste se tourna, souriant vaguement. Surpris du ton froid du commissaire :

— Quelque chose ne va pas, commissaire ?

— Disons que j'ai un problème avec un certain « admin-secondaire » qui a autorisé l'accès au salon « MunichRévélations ».

Le visage de Langevin vira au blanc. Son regard se troubla. Il chercha à balbutier :

— Je… c'est une erreur… un bug, peut-être…

Bonnier sentit son cœur se serrer, confirmant la culpabilité.

Il posa une main ferme sur l'épaule de Langevin :

– Vous avez laissé Égide infiltrer le métavers. Pourquoi ?

L'archiviste, les larmes aux yeux, finit par craquer :

– Ils me faisaient chanter… Ils ont menacé ma famille, commissaire. Ils m'ont dit que si je ne coopérais pas, ils divulgueraient des photos, inventeraient des accusations…

La révélation fit l'effet d'un poignard. Contet, interloqué, écoutait:

– Mais pourquoi ne pas nous en avoir parlé ?

– J'avais honte, j'ai cru pouvoir limiter les dégâts, sanglota Langevin. J'ai voulu leur donner seulement un accès partiel, mais ils ont tout exploité.

Bonnier remercia l'homme d'avoir avoué, tout en le sentant brisé. Il allait devoir le placer en garde à vue, ou du moins l'interroger officiellement. Malgré tout, l'explication d'un chantage rendait la trahison plus compréhensible.

– Paul, vous êtes dans de sales draps, lâcha Bonnier d'une voix triste. Mais si vous coopérez pleinement, on pourra vous protéger.

10. UNE LUEUR D'ESPOIR

Dans un bureau isolé, Langevin signa un procès-verbal de déclaration spontanée.

Il détailla comment, quelques mois plus tôt, un individu de l'entourage d'Égide l'avait abordé.

Il prétendait détenir des informations personnelles compromettantes.

Sous pression, l'archiviste avait cédé et fourni des accès « admin-secondaire » à la plateforme Horizon Radical. Il avait continué par peur, espérant saboter au minimum.

– Ils voulaient surtout publier leurs documents falsifiés, expliqua Langevin. J'ai essayé de limiter la casse, mais ils sont doués. Bonnier le consola :

– Vous avez fait une grave erreur, Paul, mais vous êtes venu à résipiscence. On va formaliser ça.

Avec cet aveu, l'enquête avançait : la taupe au musée avait agi sous contrainte, confirmant la détermination d'Égide à infiltrer l'institution.

Le commissaire espérait maintenant que Langevin pourrait donner plus de précisions sur la logistique, les comptes, et les contacts de l'organisation.

Une éclaircie se dessina. Si la taupe était neutralisée, la plate-forme Horizon Radical pourrait être enfin sécurisée, et la diffusion de la propagande d'Égide cesserait.

Parallèlement, l'arrestation de Le Bastier donnait à Bonnier un moyen de pression sur son réseau. Restait l'ultime cible : Grégoire de Roncy.

CHAPITRE 11 : LE DOUBLE JEU RÉVÉLÉ

1. LES AVEUX DE LANGEVIN

Le soleil était à peine levé lorsque le commissaire Lucien Bonnier se dirigea vers la salle d'interrogatoire du commissariat.

La veille, Paul Langevin, l'archiviste du musée, avait avoué son rôle de « taupe » involontaire, manipulé et menacé par Égide pour saboter la plateforme Horizon Radical et y autoriser des accès clandestins. Assis face à un Langevin penaud, Bonnier relut ses notes : le chantage, la peur, la culpabilité…

Tout cela expliquait la naïveté de Langevin, mais pas en détail comment il avait communiqué avec les extrémistes.

— J'ai besoin de comprendre les échanges concrets, déclara Bonnier d'une voix ferme. Quels canaux, quels rendez-vous ?

— Ils me contactaient via un compte mail chiffré, et parfois un homme venait me voir devant le musée, confessa Langevin, la voix brisée. Il se faisait appeler Baptiste Renan… Bonnier reconnut le nom du lieutenant de Le Bastier, arrêté au cours de la manifestation.

— Je n'ai jamais parlé au Commanditaire directement, poursuivit l'archiviste, la gorge sèche. Baptiste Renan disait agir pour « Talleyrand ».

Le commissaire échangea un regard rapide avec Contet, présent dans la pièce.

Cela confirmait l'existence de la chaîne hiérarchique : de Roncy en coulisses, Le Bastier sur le terrain, Renan en intermédiaire.

— Vous êtes sûr qu'ils n'ont pas mentionné une rencontre, un lieu où se cacherait leur chef ? Insista Contet.

— Rien. Tout passait par Renan ou Le Bastier, et je ne posais pas de questions… J'étais terrorisé pour ma famille. Bonnier hocha la tête, conscient de la panique qui avait dû submerger l'archiviste.

Même si la faute restait grave, l'explication humaine apaisait un peu la colère qu'il avait ressentie.

— Votre témoignage aidera, conclut-il. Nous allons vérifier vos emails chiffrés. Langevin acquiesça, soulagé de participer enfin à la vérité.

Mais son rôle de taupe laissait un sentiment amer : malgré ses regrets, le mal était fait. Égide s'était largement servi de ses accès pour manipuler Horizon Radical.

2. DES DOCUMENTS COMPROMETTANTS SUR « TALLEYRAND »

En milieu de matinée, un grand frémissement agita le bureau de la cellule cyber : les informaticiens avaient réussi à extraire de nouvelles pièces jointes depuis l'ordinateur de Renan, saisi lors de son arrestation. Il y avait notamment un dossier intitulé "Protocole T", qu'ils n'avaient pas encore réussi à déchiffrer.

– Commissaire, nous avons forcé le cryptage. Venez voir, lança la capitaine Caroline Lagrange, excitée par la découverte.

Bonnier rejoignit l'écran.

Plusieurs messages signés « Talleyrand » ou « T-01 » apparaissaient, clairement adressés à Renan et à Le Bastier.

On y lisait des instructions précises : « Renforts financiers validés ce lundi. [...] Visée stratégique : affaiblir le Radicalisme, au centre droit de l'échiquier politique en exposant la trahison de 1938. [...] Maintenir pression sur archiviste (Langevin) pour accès illimité à Horizon Radical. [...] Attention à la ministre V. et au député M. : ne pas éveiller leurs soupçons. »

Ces extraits laissaient peu de doute : Talleyrand, alias Grégoire de Roncy, pilotait l'opération de manipulation historique, ciblant Daladier pour fragiliser le Parti Radical actuel. Bonnier sentit un frisson de satisfaction : enfin, la preuve tangible de sa complicité.

– Il ne reste plus qu'à identifier formellement ce « Talleyrand » comme de Roncy, glissa Lagrange.

– Nous avons déjà de forts indices. Ces mails suffisent à demander un mandat de perquisition, répondit Bonnier. Le commissaire comptait bien porter ces pièces devant le procureur Duval pour obtenir l'autorisation de fouiller le bureau ministériel de de Roncy et de l'arrêter s'il refusait de coopérer.

3. UN SOUTIEN POLITIQUE IMPRÉVU.

Dans l'après-midi, Bonnier reçut un appel du député Montfort, l'un des Radicaux à être resté franc et qui soutenait la manifestation de la vérité.

– Commissaire, j'ai fait pression auprès de la commission parle-
mentaire : il semble qu'on accepte de vous laisser agir contre de
Roncy. Les rumeurs se précisent sur son implication, et la ministre
Vaugrenant est prête à vous couvrir s'il y a un blocage administratif.

Bonnier remercia Montfort. La toile politique se resserrait autour
de de Roncy ; plus il tardait à réagir, plus il s'exposait. Peut-être la
perspective d'un scandale le pousserait-il à la fuite ou, au contraire, à
un geste désespéré.

– Nous devrions frapper vite, avant qu'il ne disparaisse, conclut
le commissaire. Montfort soutint l'idée.

Bonnier comptait lancer l'opération dès le lendemain matin, si le
procureur donnait son feu vert. Il n'excluait pas que de Roncy ait
déjà préparé son départ.

4. Un échange avec Le Bastier

En début de soirée, Bonnier retourna à la salle d'interrogatoire où
Le Bastier s'obstinait dans le silence.

Cependant, l'une des pièces jointes découvertes par la cellule
cyber pouvait faire réagir le chef d'Égide : un ordre de virement d'un
gros montant, attestant que Le Bastier avait reçu des fonds directement de « Talleyrand ».

– Voilà la preuve de vos liens financiers, annonça Bonnier en
brandissant une copie sous les yeux du militant. Il laissa s'égrener
quelques secondes de silence.

– Alors, vous persistez à nier que "Talleyrand" vous soutient ?

Le Bastier tourna la tête, l'air buté. Pourtant, une veine à sa
tempe palpitait, signe d'une colère ou d'une inquiétude.

– Qu'attendez-vous de moi ? Lâcha-t-il finalement, sans regarder
Bonnier.

– Vous pouvez nous donner sa localisation, son identité, et on
réduira peut-être certaines charges retenues contre vous. Sinon…
vous paierez pour tout le monde.

L'idéologue resta quelques instants immobile, puis finit par cra-
cher :

– De Roncy, oui. Un sale arriviste, qui se sert de nous pour démolir le Parti Radical. Il n'a pas nos convictions, juste sa soif de
pouvoir. On n'est pas du même monde, commissaire.

Bonnier enregistra mentalement la nuance : Le Bastier se considérait comme un vrai croyant de l'ultra-nationalisme, tandis que de Roncy n'était qu'un opportuniste. Néanmoins, rien de plus sur son adresse précise ou ses habitudes.

Le Bastier prétendit l'ignorer :

– Je ne suis pas son larbin. Il agit par l'intermédiaire de Renan.

Le commissaire remarqua que l'hostilité de Le Bastier envers de Roncy pouvait être exploitée.

Il laissa un officier finaliser l'interrogatoire, persuadé qu'il pourrait creuser ce début de fracture : le Commanditaire n'était pas un mentor idéologique mais un tacticien, une sorte de marionnettiste politique.

5. L'ENQUÊTE INTERNE SUR LA TAUPE

Au même moment, Langevin, blanchi d'intentions malveillantes mais toujours coupable de complicité involontaire, livrait plus de détails sur sa collaboration forcée.

Il révéla que ses accès « admin-secondaire » permettaient aux extrémistes de créer ou supprimer des salons privés dans Horizon Radical, et qu'ils s'étaient introduits plusieurs fois dans le code pour y insérer des « morceaux d'archives falsifiées ».

– J'ai résisté quand je pouvais, masquant certains documents, confia Langevin, la voix pleine de remords, mais ils menaçaient de s'en prendre physiquement à ma famille.

Le commissaire, compatissant, décida de le placer sous protection et de suspendre toute poursuite immédiate en attendant le résultat de l'enquête.

Officiellement, Langevin restait mis en examen, mais Bonnier le considérait d'abord comme une victime.

– Je vais coopérer à 100 %, commissaire. Je vous aiderai à nettoyer le métavers de leurs fausses archives, promit Langevin, les yeux humides.

6. LA VEILLE DU COUP DE FILET

Tard dans la nuit, Bonnier réunissait encore son équipe pour préparer la perquisition chez Grégoire de Roncy.

Les indices trouvés (virements, mails, confessions partielles de Le Bastier) semblaient suffisants.

Le procureur Duval, bien que prudent, avait laissé entendre qu'il signerait l'ordonnance dès l'aube.

— Commissaire, ce de Roncy doit déjà avoir vent de l'affaire, prévint Contet. On craint une fuite à l'étranger.

— D'où l'importance d'intervenir à la première heure, répondit Bonnier. Il rappela aux agents la nécessité de discrétion : de Roncy était un haut conseiller, pouvant user de ses relations.

Toute bavure pourrait se retourner contre eux. Mais Bonnier sentait qu'il n'avait plus le choix. Le Commanditaire devait être arrêté, ou, à tout le moins, confondu publiquement.

7. Un curieux message de Colbert

Peu après minuit, Bonnier reçut un nouveau courriel crypté de Colbert : « Surveillez l'entourage du ministre X. De Roncy y rencontre parfois des "amis" ce mercredi. Méfiez-vous : protection officielle possible. Bonne chance. »

L'ombre de la corruption ? Bonnier se demanda si de Roncy n'était pas protégé par certains cercles au sein du gouvernement.

La perspective d'une résistance passive à l'intérieur même du ministère le fit frissonner.

— On ne reculera pas, murmura-t-il, le regard dur. Il songea à la ministre Vaugrenant et au député Montfort, seuls soutiens politiques fiables. Le bras de fer s'annonçait, et il était prêt à l'affronter.

8. Les préparatifs de l'assaut virtuel

En parallèle, la cellule cyber et Landrieu planchaient sur la restauration totale d'Horizon Radical.

Avec la taupe neutralisée et Langevin désormais coopératif, ils pouvaient effacer les fichiers mensongers introduits par Égide. L'objectif : supprimer les "archives falsifiées" pour éviter que la. propagande ne perdure.

— Nous avons déjà repéré tous les extraits modifiés, indiqua Landrieu. On va les remplacer par les versions authentiques.

— Bonne initiative, approuva Bonnier. Ainsi, petit à petit, l'édifice bâti par Égide sur le net s'effondrerait. Mais Bonnier restait sur ses gardes : il savait que certaines copies du « fichier explosif » circulaient déjà, impossibles à effacer. Toutefois, la confrontation

publique entre la fausse et la vraie version pourrait suffire à « vacciner » une partie de l'opinion contre la manipulation.

9. L'Opération « Talleyrand » programmée

Au petit matin, Bonnier reçut l'appel tant attendu : le procureur
Duval validait la perquisition au domicile de de Roncy, un hôtel
particulier cossu du 6ᵉ arrondissement, ainsi que son bureau ministériel à Paris.

L'opération aurait lieu dans la journée, sous la direction de Bonnier, assisté d'une équipe choisie.

– Commissaire, attention, c'est du haut niveau, avertit Duval. S'il
est averti, il fuira ou détruira les preuves.

– On frappera vite, répondit Bonnier, la voix résolue.

Il planifia la mission avec Contet.

Deux cibles : l'hôtel particulier de de Roncy, qu'il quittait rarement, et son bureau officiel.

Les enquêteurs seraient divisés en deux groupes pour frapper
simultanément. Montfort et Vaugrenant, informés en dernière
minute, restaient en retrait, par crainte d'une fuite d'information.

10. Sur la piste de la fuite

Vers midi, un appel paniqué de la cellule cyber retentit : l'un des
comptes anonymes reliés à de Roncy montrait des signes de connexion depuis un endroit inhabituel, hors de son bureau, comme si le
Commanditaire se déplaçait ou préparait un départ précipité.

Les agents, toutefois, ne purent le géolocaliser précisément.

– Commissaire, si de Roncy se sait menacé, il va filer, craignit
Contet.

– C'est possible. Mais on a toutes les sorties surveillées.

Bonnier fit diffuser un signalement discret aux frontières natio-
nales, afin que de Roncy ne s'envole pas sous un faux nom. Il
espérait que le haut conseiller n'aurait pas le temps de monter un
stratagème d'exfiltration.

11. Le plan d'arrestation

En fin d'après-midi, tout était prêt.

Contet conduirait l'équipe se rendant à l'hôtel particulier de Roncy, située dans un quartier huppé, connu pour ses belles façades haussmanniennes.

Bonnier, lui, irait vers le ministère, à Paris, où de Roncy avait un bureau, au cas où l'homme y aurait trouvé refuge.

L'opération se ferait en simultané, pour éviter qu'il reçoive l'alerte d'une perquisition avant la seconde. Le commissaire restait en contact avec le musée pour informer Landrieu et Langevin :

– Ce soir, tout se joue. Si on met la main sur de Roncy, le volet politique de l'affaire sera clos.

Continuez à sécuriser Horizon Radical. Langevin, assis devant son écran, hocha la tête d'un air grave. Le sort de la mémoire historique se jouait aussi dans la traque de ce Commanditaire. Avec de Roncy hors d'état de nuire, l'opération de sabotage s'effondrerait définitivement.

12. L'étau se resserre

18 h. L'heure de la mission approchait à Paris, Bonnier bouclait son gilet pare-balles discret, vérifiait son arme.

A Lyon, dans l'enceinte du commissariat, l'équipe s'attroupait : officiers en civil, véhicules banalisés.

D'un ton calme, le commissaire récapitula :

– Groupe 1, vous suivez Contet vers l'hôtel particulier. Essayez d'entrer sans faire de vague. Si de Roncy est là, on l'arrête. Sinon, vous récoltez tout document compromettant.

– Groupe 2, avec moi, direction le ministère. Si on y trouve de Roncy, même consigne.

Le ton des messages échangés montrait la tension, mais aussi la détermination.

L'affaire Daladier, cette obscure conspiration visant à déformer l'Histoire, arrivait à son point critique. Derrière les manœuvres d'Égide, un jeu de pouvoir s'était dévoilé, et Bonnier voulait y mettre fin.

CHAPITRE 12 : LA VÉRITÉ SOUS VERROU

1. L'Assaut Final

Il était près de dix-neuf heures lorsque les deux équipes du commissaire Lucien Bonnier se déployèrent.

Dans la lumière dorée d'un crépuscule estival, les voitures banalisées se garèrent discrètement dans les rues cossues du 6e arrondissement de Lyon, à quelques pâtés de maisons de l'hôtel particulier appartenant à de Roncy.

Le groupe 1, conduit par Contet, comptait cinq officiers. Leur mission : perquisitionner l'hôtel, arrêter de Roncy si celui-ci s'y trouvait.

De son côté, le groupe 2, avec Bonnier lui-même, se rendit au ministère où le haut conseiller avait un bureau. La journée de travail touchait à sa fin, ce qui réduisait la présence du personnel et limitait les regards.

– Commissaire, annonça Contet par radio, on se prépare à entrer. Bonnier scruta le devant du ministère. Les couloirs silencieux semblaient imprégnés d'une tension inhabituelle.

Il obtint du service de sécurité l'accès au bureau de de Roncy, brandissant le mandat signé par le procureur Duval. Plusieurs ministres avaient été tenus à l'écart pour éviter les fuites de dernière minute.

Les policiers avancèrent dans un couloir feutré. Une plaque indiquait : Bureau du Conseiller G. de Roncy. Derrière la porte, un silence complet. Bonnier fit signe à un officier, qui toqua discrètement. Pas de réponse.

– Police, ouvrez ! commanda Bonnier, avant d'actionner la poignée. La porte s'ouvrit sur un vaste espace de travail, aux boiseries élégantes, l'air parfumé d'encens. Vide. Pas de Roncy.

– Fouillez tout. Emportez les ordinateurs, les dossiers, ordonna le commissaire. Il remarqua un cendrier encore tiède, signe qu'on avait fumé récemment. Soit de Roncy venait de quitter les lieux, soit il se cachait.

Les policiers procédèrent méthodiquement, ouvrant les tiroirs, prenant des photos.

– Commissaire, regardez ça, fit l'un des agents en découvrant un calepin posé sur un coin du bureau.

Des notes mentionnaient « Égide », « Operation Munich », « Le Bastier », « soirée du 15 » – toutes convergences confirmant l'implication de de Roncy.

Bonnier sentit un frisson de satisfaction : le puzzle était complet.

2. Une Retenue à l'Hôtel Particulier

Pendant ce temps, Contet et ses hommes sonnaient au portail de l'hôtel particulier.

Le gardien, un homme âgé, leur ouvrit avec réticence, mais la vue du mandat de perquisition ne laissait pas place aux protestations.

Contet s'engouffra dans la cour pavée, découvrant une façade majestueuse.

– On cherche M. de Roncy, haut conseiller. Est-il là ?

– Je ne l'ai pas vu depuis ce matin, répondit le gardien, inquiet. Mais il m'a dit qu'il partait peut-être en déplacement...

Contet soupira, fit signe à deux policiers de surveiller la porte arrière. S'ils trouvaient de Roncy caché, ils l'arrêteraient sur-le-champ. Sinon, ils fouilleraient les lieux. Ils pénétrèrent dans un vaste hall décoré de marbre, puis dans un salon aux tentures pourpres. Aucun occupant.

Contet ordonna d'inspecter chaque pièce. Au premier étage, un bureau cadenassé attirait l'attention.

– Forcez la porte, intima Contet. Derrière, on découvrit un espace d'étude, empli de livres anciens et de dossiers. Sur un bureau, un ordinateur encore allumé. Les policiers relevèrent la présence de chemises étiquetées « Patrimoine National » – l'association servant à financer Égide. Bingo.

Contet sourit : ce qu'ils cherchaient était là.

3. La Tentative de Fuite

En lien avec le commissariat, Bonnier reçut soudain un appel frénétique sur sa ligne prioritaire. Colbert, une nouvelle fois :

– Commissaire, de Roncy est en train de fuir ! J'ai un informateur qui l'a aperçu quittant la ville en voiture officielle, direction la route de l'aéroport.

Le sang de Bonnier ne fit qu'un tour. Il répondit par radio à Contet :

– On l'a raté aux deux endroits. Il quitte Lyon, probablement pour s'envoler.

Contet lâcha un juron. Au moins, ils disposaient déjà de nombreux documents. Mais le principal suspect échappait à la justice.

Contet, la mâchoire crispée, demanda au central de lancer un avis de recherche sur la voiture officielle de Roncy et d'alerter la gendarmerie aéroportuaire.

– Il ne passera pas la frontière, trancha-t-il, serrant le combiné.

4. La Poursuite sur la Route

En moins d'une demi-heure, Contet et deux voitures de police prirent la direction de l'aéroport de Saint-Exupéry.

L'autoroute défila sous leurs roues, les gyrophares illuminant les véhicules. Plusieurs contrôles avaient été instaurés sur les voies d'accès, espérant intercepter la voiture de de Roncy.

– Inspecteur, on a un visuel potentiel, signala un officier depuis son véhicule. Une berline noire, plaques officielles, roule en direction du Terminal 1.

Contet sentit un soulagement mêlé de tension : ils tenaient leur proie. Il ordonna d'arrêter le véhicule en douceur, sans laisser au suspect le temps de s'échapper dans l'aérogare.

Quelques minutes plus tard, la berline fut bloquée par deux voitures de police, sur un secteur peu fréquenté de la voie d'accès. Grégoire de Roncy, cravaté, l'air paniqué, sortit, protestant véhémentement :

– Vous n'avez pas le droit ! Je suis un haut conseiller !

Contet, arrivé en trombe, brandit son insigne.

– M. de Roncy, vous êtes en état d'arrestation pour financement illégal, complot contre l'État et manipulation de l'Histoire.

Le haut conseiller tenta de se dégager, évoquant des protections ministérielles.

Mais Gabriel Contet, inspecteur, lui présenta le mandat, stipulant noir sur blanc l'aval du procureur. De Roncy sut alors que sa cavale s'achevait.

Les agents le menottèrent sous son regard atterré.

L'intervention de la Ministre Vaugrenant, et devant l'importance de l'affaire de Roncy, permit à l'équipe du commissaire de revenir dans la nuit à Lyon dans un jet Dassault Falcon 7, utilisé par le président de la République et le gouvernement pour leurs déplacements.

5. L'INTERROGATOIRE DU COMMANDITAIRE

Au commissariat, Bonnier de retour et Contet firent asseoir Grégoire de Roncy dans la salle d'interrogatoire. Son costume froissé, la coiffure en bataille, l'ex-haut conseiller perdit de sa superbe. Pas d'arrogance, juste une lassitude fiévreuse.

— Vous commettez une grave erreur, cracha-t-il, un voile de colère dans la voix.

— Non, monsieur de Roncy, répliqua Bonnier posément.
Nous avons toutes les preuves de votre implication avec le groupuscule Égide, ainsi que des virements et des mails prouvant votre complot pour discréditer Daladier, déstabiliser le Parti Radical.
De Roncy se raidit, se contentant d'hausser les épaules avec une morgue.

— Vous n'avez pas idée des alliances politiques en jeu.

— Nous verrons devant le juge, trancha Bonnier, l'œil dur.

Le Commanditaire refusa de répondre aux questions directes, niant tout en bloc, mais les pièces s'accumulaient : l'ordinateur saisi dans son bureau montrait des connexions avec « Talleyrand-01 « , on avait aussi retrouvé des documents "Patrimoine National » dans son hôtel.

— Vous vous servez des fanatiques d'Égide pour affaiblir la scène politique, ajouta Contet. Vous avez failli semer le chaos. De Roncy, aigri, murmura :

— La République a trahi la France en 1938. C'est un fait. Je voulais juste révéler la réalité.

Bonnier mit fin à l'entretien, conscient de la mauvaise foi du personnage. Il fit placer de Roncy en garde à vue, en vue d'une mise en examen sous peu. L'affaire remontait dans les sphères judiciaires au plus haut niveau.

6. VICTOIRE EN DEMI-TEINTE

Le lendemain, les journaux annoncèrent l'arrestation d'un « haut conseiller impliqué dans un complot contre la mémoire de Daladier ».

Les médias s'enflammèrent, y voyant le scandale politique tant redouté. Montfort, le député Radical, salua la réussite de la police, déclarant : « La vérité historique a triomphé des manipulations ».

La ministre Vaugrenant exprima son « soulagement devant la fin de cette campagne de calomnies ».

Au musée, Landrieu et Langevin s'affairaient à nettoyer définitivement le métavers Horizon Radical, effaçant tout code malveillant introduit par Égide. Les documents originaux reprenaient le devant de la scène, tandis que la conférence en ligne, enrichie, attirait des visiteurs soucieux de distinguer le vrai du faux.

– Commissaire, ce n'est pas trop tôt, sourit Landrieu, quand Bonnier passa leur rendre visite. Avec de Roncy sous les verrous, Égide se retrouve décapitée, et nous pouvons enfin diffuser nos archives en paix.

Bonnier acquiesça, malgré une pointe de réserve : le fichier tronqué d'Égide circulait toujours sur certains sites. La désinformation ne meurt jamais totalement. Mais au moins, l'appareil d'État avait réagi, rendant plus difficile la propagation incontrôlée.

7. L'INTERVIEW D'EDOUARD DALADIER… VIRTUEL

Peu après, la presse s'intéressa à Horizon Radical, curieuse de cette plateforme immersive qui avait été le théâtre de manipulations.

Les historiens, ravis, donnèrent une démonstration publique : on pouvait y rencontrer l'avatar virtuel du « Ministre Edouard Daladier », reconstitué à partir des archives, et consulter les lettres diplomatiques « non tronquées ».

Bonnier fut invité à cette présentation officielle. Debout dans la salle numérique, casque de réalité virtuelle posé sur la tête, il assista à un dialogue surréaliste : l'avatar du Ministre répondait aux questions de visiteurs, clarifiant qu'en signant l'accord de Munich, il ne prévoyait certainement pas de « complot » pro-nazi, mais tentait d'éviter la guerre.

– Nous voilà face à un futur improbable, glissa le commissaire à Landrieu. Mais si cela sert la vérité, tant mieux. Le public virtuel semblait séduit par ce nouveau format, et la plupart repartaient mieux informés. L'impact des manipulations d'Égide se réduisait à un noyau dur d'extrémistes, désormais discrédités après l'arrestation de Le Bastier et l'aveu de la taupe.

8. LA RÉHABILITATION DE LANGEVIN

Les jours qui suivirent, Bonnier organisa un entretien final avec Paul Langevin, l'archiviste. Les poursuites pour complicité involontaire étaient en suspens, compte tenu de son statut de victime de chantage. Malgré la méfiance initiale, l'opinion se montra clémente envers cet homme simple, terrifié par les menaces sur sa famille.

— Je ne vous demanderai qu'une chose, commissaire : qu'on me pardonne d'avoir failli à ma mission, déclara Langevin, les yeux humides.

— Vous avez déjà fait beaucoup pour réparer votre faute, Paul. Je crois que le juge tiendra compte de la pression que vous subissiez. En guise de reconnaissance, Landrieu proposa à Langevin de corédiger un article scientifique sur la nécessité de contextualiser les archives, pour montrer combien la manipulation est aisée sans rigueur historique.

Le commissaire trouva l'idée excellente : tirer du positif de cette affaire sombre.

9. L'ULTIME CONFRONTATION AVEC LE BASTIER

Avant le procès, Bonnier fut autorisé à revoir Arnaud Le Bastier en prison. Sous la houlette du substitut du procureur, on espérait qu'il accepterait de témoigner contre de Roncy. Le commissaire y alla sans illusion. Le Bastier avait perdu de sa superbe, vêtu d'une tenue carcérale, les traits tirés. Il fit face à Bonnier sans agressivité, presque résigné.

— De Roncy nous a utilisés, lâcha-t-il finalement. J'ai cru qu'il partageait notre cause, mais il ne cherchait qu'à abattre vos « Radicaux » pour se frayer un chemin dans la sphère du pouvoir.

— Vous en témoignez devant le juge ?

— Je le ferai, oui, pour éclairer la « grande trahison » qu'il a orchestrée.

Bonnier sourit, amer. L'extrémiste rejetait la faute sur son mentor opportuniste, mais restait fidèle à ses convictions extrémistes. Au moins, cet aveu scellerait le sort de de Roncy.

10. L'AUDIENCE HISTORIQUE

Quelques semaines plus tard, un tribunal correctionnel instruisit les délits.

Les médias couvraient largement ce procès, baptisé « L'affaire Daladier 2.0 ».

Le Bastier et ses lieutenants y comparurent pour incitation à la haine, complot contre l'État, falsification d'archives, etc.

De Roncy fut inculpé pour financement illégal, atteinte à la sûreté de l'État et tentative de subversion politique par la désinformation historique.

Le substitut du procureur lut à l'audience des extraits de leurs échanges mail, décrivant en détail la volonté de semer le chaos en revisitant la mémoire de 1938.

Contet, Landrieu et Langevin témoignèrent, ce dernier racontant la pression exercée sur lui pour ouvrir aux extrémistes les portes d'Horizon Radical.

— L'Histoire est un bien commun, plaida Montfort à la barre en tant que partie civile. On ne saurait la pervertir pour des desseins électoralistes ou fanatiques.

Le verdict tomba : de Roncy écopa d'une lourde peine de prison, assortie d'une interdiction définitive d'exercer toute fonction publique.

Le Bastier fut condamné à plusieurs années fermes, ses complices à des peines plus ou moins longues.

Langevin échappa à l'incarcération, bénéficiant d'un sursis et d'une mise à l'épreuve, du fait du chantage avéré.

11. LES RÉCITS QUI S'ACHÈVENT

Au sortir du tribunal, Bonnier sentit un vaste soulagement. La presse salua la clarté de l'instruction et l'efficacité policière. Les historiens, à travers Landrieu, soulignèrent combien la vigilance restait de mise face à la manipulation du passé, d'autant que la technologie (métavers, réseaux sociaux) offrait de nouveaux outils aux faussaires.

La ministre Vaugrenant déclara devant les caméras :

« Aujourd'hui, c'est la mémoire nationale que nous avons protégée. L'Histoire n'est pas un jouet entre les mains de politiciens
véreux. »

De son côté, le commissaire Bonnier, sollicité par les journalistes,
se montra humble :

– Mon équipe et moi avons fait notre devoir. Nous ne sommes
pas des historiens, mais nous savons reconnaître la falsification.
C'est le rôle de la police de préserver la société des mensonges qui
menacent la cohésion nationale.

12. Un nouveau départ pour Horizon Radical

Dans les semaines qui suivirent, la Société d'Histoire du Radicalisme retrouva son calme.

Madame Leroy, apaisée, remercia Bonnier pour son acharnement.

Landrieu et Langevin poursuivirent leurs travaux de numérisation.

Horizon Radical devint, paradoxalement, plus populaire, attirant
des visiteurs curieux de découvrir la « vraie » version de l'affaire
Daladier. Ghislain, le repenti d'Égide, obtint une protection discrète,
entamant un chemin de réinsertion.

Colbert, l'informateur mystérieux, demeura dans l'ombre, peut-
être prêt à aider d'autres enquêtes. Nul ne sut son identité exacte,
hormis Bonnier qui le respectait pour son courage.

À l'entrée du musée, une affiche nouvelle : « Munich, l'Histoire
face à la Manipulation. Exposition spéciale sur l'accord de 1938 ».
Bonnier, passant brièvement un matin, la contempla avec satisfaction. Cette exposition était née du drame, mais servirait à éclairer le
public.

Dans son bureau, Langevin, tirant des leçons de son erreur, expliquait à des visiteurs virtuels comment la France de 1938 avait espéré
gagner du temps contre un Hitler déterminé. Il montrait des documents officiels, avant de conclure :

– Rien n'est plus dangereux que de juger le passé sans en saisir
les contraintes. Et rien n'est plus facile à falsifier qu'une archive
sortie de son contexte…

13. L'Aube d'une Nouvelle Mémoire

Le commissaire Bonnier, appelé à d'autres missions, garda un souvenir vif de cette affaire hors normes, où le passé s'était mêlé au

présent dans un tourbillon de manipulations.

Les retombées politiques continuèrent quelque temps, mais la République ne chancela pas.

Certains observateurs parlèrent même d'un « sursaut républicain » autour de Daladier : loin d'être un traître, il restait un dirigeant pris dans l'étau d'une époque tragique.

Dans un dernier geste, Bonnier adressa à Landrieu et Leroy un exemplaire d'un nouveau rapport de la police judiciaire sur la criminalité numérique. Il y notait : « La mémoire collective est fragile, plus encore à l'ère numérique. Mais tant que des historiens, des archivistes et des enquêteurs veilleront, la vérité aura sa chance. ».

La conclusion qu'en tire ChatGPT...

Le Chapitre 12 s'achevait ainsi, sur la capture du Commanditaire, la désintégration d'Égide et la restauration de la mémoire historique. Daladier, réhabilité de nouveau dans l'esprit du public, demeurait un symbole d'une France aux abois en 1938, non un complice d'Hitler.

Le commissaire Bonnier, après cette aventure mouvementée, reprit la route des enquêtes ordinaires, le sentiment du devoir accompli scellé au cœur.

Sur une idée e Jacques BRUYAS
Alfred CARAYOL présente
La COLLECTION DIGEST BONNIER
Dénommée : Du RIFIFI :

N°1 - Du RIFIFI à SHINSHIVA AYURVEDA
 HOSPITAL (INDE) par Alfred de Loyarac

N°2 - Du RIFIFI chez ZAVATOR par Jacques Bruyas

N°3 - Du RIFIFI à CARCASSONNE
par Alfred de Loyarac

N°4 – TOME 1-Du RIFIFI au PARTI RADICAL
par Eric Damatio

N°5 – Tome 2 -Du RIFIFI au PARTI RADICAL
par Eric Damatio

N°6 -Du RIFIFI chez MAMAN JO de PARMILIEU
Eric Damatio (pour cuisinières alléchées)

N°7 – Du RIFIFI à CHATILLON sur CHALARONNE
par Christophe Geoffroy et Michel Godet